JN020622

集英社オレンジ文庫

ゆきうさぎのお品書き

あらたな季節の店開き

小湊悠貴

本書は書き下ろしです。

もくじ

イラスト／イシヤマアズサ

東京都の西側——旧《ふる》くは武蔵野《むさしの》、現在は多摩《たま》地区とも呼ばれている場所。
そんな土地のどこかで、その小料理屋は今日もいつもと変わることなく、白い暖簾《のれん》をかかげて誰かを迎え入れている。

三月三十日、十五時三十分。

ふいに空腹を覚え、彼は眠りの底から浮上した。草花の香りを含んだあたたかな風が頬《ほお》を撫《な》で、その心地よさに目を細める。

聞こえてくるのは、甲高《かんだか》い鳥の鳴き声と風の音。春のやわらかな日差しが差しこむここは、誰にも邪魔されずにくつろげるお気に入りの場所だ。冬の間は寒さが厳しく、別の寝床を使っていたが、最近になってようやく戻ってくることができた。その幸せを嚙《か》み締めながら、体を伸ばして活動準備をととのえる。

何を置いてもまずは、この空腹をどうにかして満たさなければ。

寝床をあとにした彼は、目的地に向かって歩きはじめた。

こういうときは、馴染《なじ》みの店に行くに限る。心が安らぐあの場所で、ゆっくりと食事を楽しみたい。

あの店に通うようになってから、もう四年ほどになるだろうか。

常連客と顔を合わせたときは、誰もが気さくに声をかけてくれる。店主はまだ若い青年なのだが、相手はこちらの食の好みを熟知しており、何も言わずとも美味《うま》い食事をたっぷり出してくれるのだ。

料理の味には定評があり、なおかつ従業員の人柄もよい。その魅力に惹《ひ》きつけられた常連客たちが足繁く通っているおかげで、店は常ににぎわっている。

彼にとっては自宅の門――樋野《ひの》神社の大きな鳥居をくぐったとき、背後から元気な声が聞こえてきた。

『アニキー！』

彼は反射的にふり向いた。視界にとらえたのは、石畳《いしだたみ》の参道を軽やかな足どりで駆けてくる舎弟の姿。ふわふわとした茶色の毛に、成長してもあまり大きくならなかった小柄な体が特徴的な舎弟は、親しげに話しかけてくる。

『見回りですかい？』

『いや。食事だ』

返事を聞くなり、舎弟の丸っこい目が見るもあらわに輝いた。

『もしかして「ゆきうさぎ」に行くんですか？　おいらもご一緒したいです！』

『好きにしろ』

　彼の口調はそっけなかったが、いつものことなので相手はまったく気にしない。神社を出て商店街のほうに歩を進めると、嬉《うれ》しそうな様子でついてくる。

『いい天気ですねえ。あったかくて』

『そうだな』

『桜もきれいに咲いてるなー。あ、桜といえば今年も境内《けいだい》で「真夜中の観桜会《かんおうかい》」をやりますよ！　アニキも参加しますよね？』

『騒ぐのは好かん』

『えー、そんなこと言わずに来てくださいよぅ。年に一度の宴会なのに、肝心のボスがいなきゃ張り合いがないってもんでしょう』

　拗《す》ねたような声を出す舎弟に、彼は淡々《たんたん》と答えた。

『俺は招かれざる客だ。いないほうが皆、遠慮せずに羽を伸ばせる』

　大きな体と迫力のある顔立ち、そして腕っ節の強さを見込まれて、彼はこのあたりにねぐらを持つ者たちのボスとして君臨している。面倒な役目を課されたとは思ったが、仲間内でもっとも強いのが自分だったのだからしかたがない。別の集団から縄張りを守るためにも、力のあるリーダーが必要なのだ。

『でもおいら、知ってますよー？　アニキが毎年、遠くからこっそり宴会をながめていること。ほんとはみんなと一緒に夜桜が見たいんでしょ』

『むぅ……』

まさか気づかれていたとは思わず、彼は照れ隠しに小さくうなる。

自分の見た目に恐れをなしているのか、それとも孤独を好む性格を尊重してくれているのか。ほかの仲間たちは用がない限り、こちらに近寄ることはない。

唯一の例外が、愛嬌《あいきょう》のかたまりのようなこの舎弟だ。

何年か前、母のもとからひとり立ちしたばかりの舎弟は、運悪く近所のボスに絡まれてしまった。たまたま通りかかった自分が助けたのだが、どうやらそれを恩義に感じているらしい。自分を「アニキ」と慕い、暇さえあればまわりをうろちょろしている。

『観桜会は明日です。みんなアニキが来てくれるのを心待ちにしてますよ』

『……まあ、そういうことなら考えておく』

『やった！　楽しみだなぁ』

無駄につきまとわれているというのに、不思議と嫌な気分にならないのは、舎弟が持つ懐っこい雰囲気のおかげだろう。仲間内はもちろん、ねぐらがある神社の家主や商店街の人々からも可愛《かわい》がられており、よく食べ物をもらっているそうだ。

初対面の相手にすら警戒心を抱かせず、気にかけてもらえるのは立派な才能。体格が貧弱でも、この茶色い舎弟は持ち前の愛嬌で、長く生き延びていけるだろう。

舎弟と並んで通りを進んでいくうちに、商店街が見えてくる。

そのはずれにある「ゆきうさぎ」は、今日も普段となんら変わることなく、あたりまえのように存在していた。

白い外壁に、黒の古風な瓦《かわら》屋根。どことなく親近感を覚えるのは、自分が同じ色彩を備えているからだろうか。暖簾は下がっておらず、格子《こうし》の引き戸には「準備中」という札がとりつけられていた。

自分たちは常連の中でも少々特殊で、営業時間内に来店することはほとんどない。それでも店主は、ほかのお客と同様に食事を出してくれるのだ。

軒下《のきした》には細長いプランターがひとつ置かれており、白やピンクの花が咲いていた。

『桜もいいけど、この花も可愛いなぁ』

可憐《かれん》な白い花の花弁に、舎弟が鼻先を近づける。

たしかこれは、マーガレットとかいう名だったか。しかし「ゆきうさぎ」の店主は、およそこの手のことには興味がない。隣の生花店で苗を買い、せっせとプランターに植えたのは、店主ではない別の人間だった。

よく見れば、プランターにはうさぎの形のガーデンピックが数本、飾りのように挿してある。これもまた、店主には考えられない遊び心だ。

『こっちにはいないみたいですねえ』

舎弟が合図をしても、格子戸が開く気配はない。店内でなければ奥の母屋《おもや》にいるのだろう。彼は慣れた様子で舎弟を伴い、裏に回った。

呼び鈴を鳴らす必要も（それ以前にそこまで届かないのだが）、敷地内に入るための許可を得る必要も、自分たちにはない。生垣の隙間《すきま》からするりと庭に入りこむと、果たしてそこには店主の姿があった。ホースで庭木に水をまいていた店主は、自分たちの姿に気づくや否《いな》や、笑顔を見せる。

「武蔵《むさし》と虎次郎《こじろう》か。今日も一緒に来たんだな」

『大将、こんにちはー！』

水を止めた店主のもとに、舎弟――茶トラ猫の虎次郎が駆け寄っていく。

人間に猫の言葉は通じないぞと言っているのに、虎次郎はまったく気にせず、誰にでも話しかける。その様子は、人間の目にはとても愛くるしく映るようだ。虎次郎の頭を撫でる店主の口元は、嬉しそうにほころんでいる。

（俺にはできない芸当だな……）

少し離れたところから感心していると、店主の視線がこちらに向けられた。

「腹減ってるんだよな？　すぐに用意するから、ちょっと待ってろよ」

ホースを片づけた店主が、縁台から家の中へと入っていく。愛想のかけらもない自分だが、だからといって邪険にされたことは一度もない。それもまた、武蔵がこの店に通い続ける理由のひとつでもあった。

『今日は何が出てくるのかなぁ。楽しみですね！』

縁台に近づいた武蔵は、声をはずませる虎次郎の横に座った。優しい春風に吹かれながら、おだやかな気分で庭をながめる。

向かいの家は「ガーデニング」とやらに凝《こ》っており、手入れが行き届いているが、店主の家は自然にまかせているようだ。水がまかれた草木は、日の光を反射して美しくきらめいている。あちこちで雑草が伸びてきたから、そろそろむしったほうがよさそうだ。

『どうしてだろう』

ふいに、虎次郎が小首をかしげる。

『妙な話なんですけどね。この家に来ると、不思議となつかしい気持ちになるんです。なんだか生まれる前から知っているような気がして』

武蔵は答えなかったが、内心で驚いていた。

なぜなら武蔵も、この家に来るたびに同じことを感じていたから。庭に植えられた木々に、古くなった縁台。たまに垣間見ることのできる家の中も、何もかもがなつかしい。この場所に来ると、無条件で安心できるのだ。それは自分だけだと思っていたのに、まさか舎弟も同じ感情を抱いていたとは。

(これは偶然なのだろうか……?)

そんなことを考えていると、店主がこちらに戻ってきた。

両手には、武蔵と虎次郎のために用意された食器。やけに可愛らしい、猫の肉球のイラストが描かれたそれは、店主の趣味とは明らかに合わない。軒下のマーガレットのようにこの食器もまた、別の人間が選んだものなのだろう。

「おまえたち運がいいな。今日は特別メニューだぞ」

店主が置いた食器をのぞきこんだ瞬間、虎次郎が『うわぁ!』と歓声をあげた。めったに表情を動かさない武蔵も、驚きに目をみはる。

『なんと……!』

食器に盛りつけられていたのは、二種類の刺身だった。

半透明の白身魚に、独特の白い筋が入った橙《だいだい》色のサーモン。白身魚のほうは、もしや高級魚の真鯛《まだい》ではあるまいか。

店主が自分たちに出してくれる食事は、かたい食感のドライフードか、缶入りのしっとりとしたウェットフードのどちらかだ。サーモンはたまに出てくるご馳走だったが、真鯛はこれまで一度しか口にしたことがない。

そんな刺身を、贅沢《ぜいたく》にも二種盛りでいただくことができるとは！

本当にいいのかと不安になり、店主の顔を見上げる。彼はこちらの意図を汲みとったかのように、さわやかに笑ってみせた。

「今日は魚介類が安く手に入ったんだ。気にせず食べろよ。こんな機会めったにないぞ」

『そうか。では、ありがたく頂戴《ちょうだい》するとしよう』

店主の厚意に感謝しながら、武蔵は刺身に鼻先を近づけた。新鮮な魚の香りにうっとりする。人間はこれに調味料なるものをつけて食すると聞いたが、自分たちには不要なものだ。ほかの味を足さずとも、素材の旨味《うまみ》だけでじゅうぶん楽しむことができる。

刺身はまるで人間のお客に出すかのように、きれいに切り分けられていた。

まずは真鯛を一切れ、口の中に入れて噛んでみる。引き締まった身の弾力が、なんとも言えない心地よさだ。透明感のある厚めの身は、淡白でさっぱりとした味わいながら、脂《あぶら》もほどよく乗っていてバランスがよかった。一方のサーモンは、まさにとろけるような舌ざわり。店主の気遣いか、小骨が丁寧《ていねい》に取り除かれており、とても食べやすい。

――ああ、なんと美味《びみ》なのだろう……。

刺身を噛み締めながら、武蔵は感動に打ち震えた。

自分たち野良《のら》猫は、常に危険と隣り合わせ。生きるために狩りをするし、冬を越えるのは命がけだ。ときには敵と戦い、勝利しなければならないこともある。そんな過酷な日々を送る野良猫は、家の中で守られている猫たちよりも寿命が短い。

不慮の怪我《けが》や病気に見舞われても、武蔵と虎次郎はそのたびに克服してきた。それはひとえに体力があるから。その力の大部分は、店主がふるまってくれる栄養たっぷりの食事で蓄《たくわ》えている。おかげで自分たちは、いまもこうして健康に生きていられるのだ。

しかし、毎度与えられてばかりでは申しわけない。

せめてもの礼にと、最初のころは狩りで仕留めた獲物を差し出していた。けれども人間の好みには合わなかったらしく、店主は困惑するばかり。考えた末、武蔵は別の形でお代を支払うことにした。少しでも店が繁盛するようにとの思いから、たまに客引きをして「ゆきうさぎ」の売り上げに協力している。

食事が終わるころには、心身ともに満たされていた。体の奥から力が湧いてくる。

『馳走になった。この礼は、近いうちに必ずさせていただく』

顔を上げた武蔵が、感謝の言葉を述べたときだった。

「雪村《ゆきむら》さーん！」

背後から、店主を呼ぶ溌溂《はつらつ》とした声が響き渡る。

視線を向けると、門の前に人間の娘がひとり立っていた。頭の後ろに尻尾を持つ、小柄なその娘は、武蔵や虎次郎とも顔見知りだ。

「タマ、もう来たのか。バイトは五時からだろ」

「そうなんですけど、今日は家にいても落ち着かなくて。入ってもいいですか？」

店主の許可を得た娘は、門を開けていそいそとこちらに近づいてきた。

数年前、体調を崩して「ゆきうさぎ」の前で座りこんでいた娘。あのとき、武蔵が助けを求め、店主を呼んだことがきっかけで、この娘は「ゆきうさぎ」で働くことになったのだ。はじめはあまりの痩《や》せ具合に心配したものの、いまではすっかり元気になり、体型も前よりはふっくらしたので安心している。

「あれ？　見たことないお皿がある」

しゃがみこんだ娘が、空になった食器を興味津々《しんしん》といった表情で見つめた。

「新しく買ったんですか？」

「いや。昨日、物置を整理してたら見つけたんだ。前に話したことあっただろ。昔、祖父母が飼ってた猫のこと。そのとき使っていたものだと思う」

「そういえば……。ふたつあるってことは、二匹ですよね」

「ああ。よくある白黒とトラ猫で……色合いは武蔵と虎次郎に似てるな」

「女将《おかみ》さん、大事にとっておいたんですね。可愛がってたんだなぁ」

彼らの話を聞きながら、武蔵はここで暮らしていたという猫たちに思いを馳《は》せた。

美味い食事と安全な寝床。自然豊かな庭に、何よりも優しい飼い主の愛情。くだんの二匹は、最期まで幸せな一生を送ることができたに違いない。

「もしかしたら、武蔵と虎次郎はその子たちの生まれ変わりかも」

「なんだよいきなり」

「もちろん根拠なんてないですけど、そうだったらいいなと思って。あ、その子たちの写真とかありますか？　見てみたいな」

店主と娘は楽しそうに会話をかわしながら、家の中へと入っていった。

仲睦《むつ》まじいふたりを見送った武蔵は、虎次郎の横でのんびりとくつろぎはじめる。

うとうとしつつ考えたのは、店主と娘の不思議な話。本当に生まれ変わりというものがあるのなら、次は猫ではないもの――できれば人間になってみたい。そして堂々と「ゆきうさぎ」の暖簾をくぐり、店主がつくる料理を思うぞんぶん堪能するのだ。

今日の午睡《ひるね》はきっと、幸福な夢が見られることだろう。

最終話　卯月いろどり春物語

1　はじまりの日

二十八年前、春――


早朝、七時過ぎ。お気に入りのエプロンを身に着けた宇佐美雪枝《うさみゆきえ》は、自宅の台所でいつものように食事の支度に精を出していた。

炊き上がったご飯は、あとはお茶碗《ちゃわん》によそうだけ。煮干しで出汁《だし》をとり、煮立たせた鍋の火を止め味噌《みそ》を溶き入れると、周囲に優しい香りがふわりと広がった。あらかじめ切り分けておいた春キャベツと油揚げを加え、具材に火が通れば味噌汁の完成だ。

「うん。いいお味」

味見をした雪枝は、満足のいく出来栄えに口元をほころばせる。いまが旬の春キャベツは、商店街にある八百屋で購入したものだ。やわらかい葉は冬のそれより甘みが強く、煮干しや味噌との相性もよい。

（コンロ、やっぱり三口にして正解だったわ。調理台も広くとったからやりやすい）

以前に住んでいたマンションは、コンロは二口で調理台も狭かった。だから新しく家を建てるとき、雪枝は一番に台所の設備充実を希望したのだ。そのぶん費用はかさんだけれど、夫は嫌な顔ひとつすることなく、雪枝の望みをかなえてくれた。

自分たちの間に生まれたふたりの子どもは、すでに親元を離れている。娘の毬子《まりこ》は結婚し、息子の零一《れいいち》は夢を追って家を出た。子どもたちの独立後、夫は長く勤め上げた銀行を定年退職し、第二の人生がはじまったのだ。

夫は預金と退職金をはたいて土地を買い、東京の郊外に終《つい》の棲家《すみか》を建築した。移住して一年近くがたったいまは、新しい生活にも慣れ、おだやかな日々を過ごしている。

「さてと。次は……」

続けてとりかかったのは、朝食の定番である玉子焼き。砂糖に醬油《しょうゆ》、白出汁で味つけした卵液には、小口切りにした浅葱《あさつき》を混ぜることで変化をつけた。卵液の半分をフライパンに流し入れると、じゅわっという小気味よい音があがる。

使いこんだ四角いフライパンには油がよくなじんでいるため、新品よりも焦《こ》げつきにくい。玉子焼きは手際のよさが成功の秘訣。雪枝は慣れた手つきで菜箸《さいばし》を動かし、くるくると巻いて形をととのえていった。

備えつけのグリルで焼いた鮭《しゃけ》の塩焼きは、大根おろしを添えて長角皿に。春らしいタラの芽を使ったゴマ和《あ》えは、昨日に出した夕食の残り物だ。

偏食の夫は野菜が苦手で、山菜も嫌だと言って口にしようとはしなかった。しかし五十を過ぎたあたりから、そのおいしさが少しずつわかるようになってきたそうだ。歳《とし》をとるにつれて味覚が変わるというが、どうやら本当らしい。

できあがった朝食の皿をダイニングテーブルに並べているとき、廊下のほうからぺたぺたと足音が聞こえてきた。

ややあって、暖簾《のれん》をかき分け、夫の純平《じゅんぺい》が顔をのぞかせる。長袖《そで》のポロシャツにジャージのズボンといった格好はともかく、素足なのはいただけない。夫は汗かきなので、歩き回るときは靴下かスリッパを履《は》くよう言っているのに。

(いつまでたっても習慣にならないんだから。困ったものね)

そんな妻の胸の内も知らず、周囲にただよう料理の香りを嗅《か》いだ夫は、ふんわりと微笑《ほほえ》みながら口を開いた。

「いい匂いだなぁ」

「ちょうどできたところよ。朝ご飯にしましょう」

「ああ。この子たちも一緒に」

入ってきた純平は、左右の腕に仔猫を一匹ずつ抱いていた。愛らしい仔猫たちを見たとたん、もやもやとした気持ちが一気に吹き飛んでしまう。

「あらまあ、はっちゃんとシマちゃん。パパに抱っこしてもらったの」

「ドアを開けたら、玄関にちょこんと座っていたんだよ」

純平の視線を受けて、腕の中の仔猫たちが甘えるような声をあげる。

ここしばらく晴天が続いているため、純平は庭に出て草木に水をまいていた。仔猫たちは、彼が戻ってくるまでけなげに待っていたのだろう。

「お腹《なか》すいただろう。すぐにご飯にするからな」

仔猫たちを床に下ろした純平は、人の子に語りかけるように優しく言った。

以前のマンションでは禁じられていたが、いまは一軒家なので自由に動物を飼える。雪枝はずっと、猫と一緒に暮らすのが夢だった。だから親戚の家で生まれた兄弟猫を、離乳したのちに譲り受けたのだ。

引きとったのは二匹のオスで、白黒のハチ割れと茶色のトラ猫だ。真面目《まじめ》な純平は命名に気合いを入れ、あれこれ名前を考えていたが、仔猫たちは雪枝が仮名のつもりで呼んでいた「ハチ」と「シマ」で認識してしまったらしい。夫は残念がっていたが、これはこれでわかりやすいし、悪くない名前だと思っている。

娘と息子は巣立っていった。孫はいるけれど、いつでも会えるわけではない。

だが、ハチとシマはこのさき一生、そばにいてくれる。生後半年になる仔猫たちは以前よりも大きくなったものの、まだまだ子どもだ。甘えん坊でいたずら坊主《ぼうず》。あたたかい体やふわふわの毛並みなど、何もかもが愛《いと》おしくてたまらない。

雪枝も純平も猫を飼った経験がなかったので、最初は不安もあった。それでも親戚からアドバイスをもらい、慣れないながらも愛情をこめて世話をしたおかげか、二匹は病気ひとつすることなく、元気に育っている。

「あ……これ、もうないな。買い置きは？」

「そこの戸棚の右側よー」

雪枝がご飯をお茶碗によそっている間に、純平は戸棚の中から新しいドライフードをとり出した。封を開け、それぞれの食器に盛りつけていく。

肉球のイラストが描かれた色違いの食器は、雪枝が雑貨屋でひとめぼれをして買ってきたものだ。家の中にはほかにも、爪とぎに猫用のおもちゃ、ベッドやクッションなど、ハチとシマのために買いそろえた品々がたくさんある。

たまに柱で爪をといだり、トイレ以外の場所で粗相をしたりもしてしまうが、それもまたご愛敬。甘やかすばかりではなく、いけないことをしたときはその都度叱《しか》って、きちんと躾《しつ》けるのは人の子育てと同じだ。

「ほら、食べていいぞ。あんまりがっつくなよ」

食事の用意ができると、ハチとシマは待っていましたとばかりにドライフードに口をつけた。流しの水で手を洗った純平が席に着き、雪枝もその向かいに腰かける。

「いただきます」

雪枝と純平は、湯気立つ朝食の前で手を合わせてから食事をはじめた。

ふっくらと炊けた白米には、栄養価の高いもち麦を、七対三の割合で混ぜてある。ほのかに甘く香るご飯を噛《か》み締めると、麦が小さくはじけるような、独特の食感が伝わってきた。粘り気のあるもっちりとした歯ざわりも感じられる。

「麦飯、はじめはどうかと思ったけど、慣れてみると意外といけるな」

「これはもち麦だからおいしいのよ。麦は麦でも、昔のあれとは種類が違うわ」

雪枝と純平はおだやかに会話をかわしながら、ゆっくりと朝食を平らげていく。

実を言えば、自分も夫も最近まで、麦飯はあまり好きではなかった。戦争を経験している自分たちにとって、麦にはよい印象がない。戦中から戦後のしばらくは食糧難で、白米を口にするなど夢のまた夢だった。代わりに麦などの雑穀《ざっこく》や芋《いも》類を主食にして、なんとか命をつないでいたから、そのときのせつない気持ちを思い出してしまうのだ。

雪枝の実家は昔、この町で「ひよし食堂」という店を営んでいた。

亡き父は料理人として腕をふるい、母も父を手伝っていた。「安くて美味《うま》い、量もたっぷり」が経営理念だったので、儲《もう》けは少なかったけれど、父は子どもたちにもお腹いっぱい食べさせてやろうと、おいしい賄《まかな》い料理をたくさんつくってくれたのだ。だからこそ、戦中戦後に経験したひもじさが、つらい記憶として強く残っている。

雪枝がそんな時代の食事——麦飯に注目したのは少し前のことだった。たんぱく質や食物繊維が豊富に含まれていると知り、健康のためにもと、試しに取り入れてみたのだ。夫はよい顔をしなかったが、白米にもち麦を混ぜて炊いてみると思いのほか美味《び み》で、以降はときどき食卓にのぼるようになった。

「この鮭も美味いなぁ」

「粗塩《あらじお》をふって焼いたのよ。普通の塩より味に深みが出るらしくて。あなたは血圧高めだから控えめだけどね」

「玉子焼き、今日はネギが入っているのか」

「ネギじゃなくて浅葱よ。これくらいなら食べられるでしょう。それはそうと純さん、食べながら新聞を読むのはやめてくださいって、何度言えばわかるのかしら?」

「いやー……ついクセで」

軽くねめつけると、純平はバツが悪そうに新聞をたたみ、老眼鏡をはずした。

銀行に勤めていたころ、どれだけ疲れていても、毎朝必ず経済新聞に目を通すのが夫の習慣だった。出勤前は時間がないため、朝食をとりながら読んでいたのだ。当時は容認していたが、もう引退したことだし、そろそろ改めてほしい。

「ごちそうさまでした」

「はっちゃんたちもぜんぶ食べたわね」

「近いうちに猫缶でも買ってきてやろうか。ドライフードだけっていうのもなんだし」

「そうね。ときどきは味に変化があったほうが、食事も楽しくなるもの」

食器が空になると、雪枝と純平は席を立って片づけをはじめた。自分たちの食器は雪枝が、猫たちの食器は純平が洗う。

「あ、今日は歯磨きの日だったな」

皿洗いを終えた夫は、畳敷《たたみじ》きの居間でくつろいでいたハチを膝《ひざ》の上にのせ、専用のブラシで歯を磨く。最初は暴れてなかなかうまくいかなかったのだが、いまではハチもシマも純平を信頼しているようで、おとなしく身をまかせてくれる。

「よーし、きれいになったぞ。いい子だ」

（ふふ。すっかりパパの顔になっちゃって）

嬉《うれ》しそうにハチの頭を撫《な》でた純平は、今度はシマを呼び寄せて抱き上げた。

その姿を見ているうちに、過去の記憶がよみがえる。毬子と零一が幼いころ、夫はいまと同じ表情で、ふたりの小さな歯を磨いていた。年老いて白髪やしわは増えたけれど、子どもたちに向けられる優しいまなざしは昔のままだ。

なつかしい気持ちで見守っていると、ふいに純平が顔を上げた。

「そうだ。今日の掃除と洗濯、僕がやるよ」

「え」

「雪枝は忙しいだろう？　記念すべき『はじまりの日』なんだから」

じゃれつくシマをあやしながら、純平はにっこり笑う。

多くの人にとっては、なんの変哲もない、うららかな春の一日に過ぎないのかもしれない。けれど自分は、ずっとこの日を心待ちにしていた。何年もの間、胸の奥でたいせつに育《はぐく》んできた大きな夢が、ついに現実となる日――

夫に微笑み返すと、足下でハチが小さく鳴いた。


『退職したら、郊外に家を持ちたいなぁ』

定年を迎える何年か前、リビングのソファに座ってお茶をすすりながら、純平はそんなことを言い出した。

『東京から離れるわけじゃなくて、府中《ふちゅう》とか八王子《はちおうじ》とか、そっちのほうに』

『この家を手放すの？』

『いい値で売れる見込みがあれば、だけどね。退職金と貯金もつぎこめば、この歳でも中古の一軒家なら買えるかもしれない』

雪枝と純平が住んでいる分譲マンションは、息子が生まれた年に購入したファミリー向けだ。品川《しながわ》区の一角にあり、ローンはすでに払い終えた。築年数は古いものの、立地は悪くないので、売りに出せば相応の値が期待できる。

『前にも話したけど、一軒家は昔からのあこがれでね。子どものころも大学時代も、狭いアパート暮らしだったから。本当は二階建ての家に住んで、犬か猫でも飼ってみたかったよ。大きな庭もあれば最高だな』

『ああ、動物はいいわね！　私は猫ちゃんと一緒に暮らしてみたいわ』

いまのマンションにも、ささやかながら庭がついている。しかしせいぜいプランターで花を育てる程度の広さしかなく、樹木を植えることはできない。小動物以外のペットを飼うことも禁止なので、猫飼いの友人がうらやましかった。

『猫か……。ほかには？』

小首をかしげると、純平は少し照れくさそうに続けた。

『ずっと考えていたんだよ。これまで僕が仕事に集中することができたのも、毬子と零一が無事に育ったのも、きみの力があってこそ。いろいろ苦労もかけたから、老後は雪枝のやりたいことを、できる限りかなえてあげたくて』

『純さん……』

『零一についてはまあ、最後に揉《も》めたのが心残りではあるけど……』

純平はそっと目を伏せる。舞台役者をめざすため、大学を辞めると言った息子は、せめて卒業してほしいと願う夫と激しく対立した。反抗期のときですら、父親とあれほど衝突することはなかったので、うろたえたことを憶《おぼ》えている。

結局、零一は大学を中退し、純平と和解することなく実家を出て行った。毬子とは嫁《とつ》いだあとも連絡をとり合っているが、零一とは絶縁状態が続いている。

『でも、これ以上どうこう言うつもりはないよ。親元から巣立った時点で、零一は自立した大人になったんだ。親の干渉はもう必要ないし、このさきの人生は、本人の力で切り拓《ひら》いていくべきだと思うから』

おしゃべり好きな雪枝とは違って、純平は基本的に寡黙《かもく》な質《たち》だ。

人見知りの性格も相まって、家族以外の前では輪をかけて口数が減ってしまう。愛想もないため、他人と交流するのが苦手だった。そんな夫がこうして胸の内をさらけ出してくれることはめったにないから、言葉のひとつひとつが心に染みる。

『毬子も零一も、道理にはずれた生き方はしないはずだよ。そう信じている』

純平は確信に満ちた表情で言い切った。

『あとは本人たちにまかせて、僕たちは第二の人生について考えよう。趣味に没頭するのもいいし、体が動くうちに旅行三昧《ざんまい》っていうのも楽しそうだ』

――雪枝はこれから、どう生きたい？

(私がやりたかったこと……)

妻として母として過ごしながら、ひそかに抱いていた夢がある。それは……。

「純さん。掃除と洗濯、お言葉に甘えてお願いしてもいいかしら」

「うん。午後には十和子《とわこ》さんが来るんだろう？　それまでに準備を終えておかないと」

夫と猫たちがいる居間をあとにした雪枝は、廊下のつきあたりにあるドアを開けた。

スリッパを脱ぎ、四畳半の和室に足を踏み入れる。とたんに新品特有の、青々としたい草《ぐさ》の香りが鼻腔《びこう》をくすぐった。畳の上には屏風《びょうぶ》型の衣桁《いこう》が置かれ、女性用の着物と帯がかかっている。

淡い薄紅色《うすべに》の地に舞うのは、繊細で風情《ふぜい》ある桜の花。古典的な檜扇《ひおうぎ》の柄は格調高く、着物に華を添えている。春の到来を祝うような、雅《みやび》やかな色留め袖は、友人の十和子が都内の呉服屋で選んでくれたものだった。

『あら、これ素敵！　雪枝ちゃん、ちょっと試着してみなさいよ』

姿見の前ですすめられた着物をはおってみると、十和子が笑顔でうなずいた。

『やっぱり似合うわぁ。季節感もあるし、お値段もお手ごろ。お買い得ね！』

『でもこれ、少し若向けじゃない？　私が着てもいいのかしら』

『何言ってるの。おめでたい日には晴れ姿。主役は雪枝ちゃんなんだから、明るく華やかに装うのも大事なことよ。着付けは私がやってあげるわ』

色とりどりの着物を前に、気心の知れた友人とおしゃべりするのは、娘時代に戻ったかのようで楽しかった。何十万円もするような高級品には手が出せなかったけれど、お洒落《しゃれ》でセンスのよい十和子が見立ててくれたおかげで、満足のいく買い物ができた。

数時間後にはいよいよ、この着物を身にまとうのだ。そう思うと心が躍《おど》る。

着物から視線をはずした雪枝は、反対側のドアから部屋を出た。

そこは台所というよりも、厨房《ちゅうぼう》と称したほうがふさわしいだろう。業務用の大きな冷蔵庫に、最新型のオーブンレンジ。使いやすいガスコンロに、広々とした調理台。冷蔵庫やパントリーには食材がそろっているし、酒類を保管する貯蔵庫までつくってもらった。快適に、そして好きなだけ料理ができる場所。こんな贅沢《ぜいたく》な空間を自分ひとりで使うことができるなんて、夢のようだ。

まだ傷ひとつない、ぴかぴかの調理台に触れたとき、奥のほうから電話のベルが聞こえてきた。仕切りの暖簾をくぐった先は、カウンターに囲まれた小さな厨房だ。向こう側にはテーブルや椅子《いす》が並んだ食事処《どころ》が広がっている。

電話に手を伸ばした雪枝は、受話器を持ち上げ耳にあてた。

「はい、宇佐……いえ、『ゆきうさぎ』でございます」

途中で言い直したのは、ここが自宅ではないと気づいたからだ。相手は同じ商店街にある酒屋の主人で、搬入時間についての連絡だった。受け答えを終え、静かに受話器を置いた雪枝は、ふうっと息をつく。

「ゆきうさぎ……」

顔を上げると、格子《こうし》の引き戸が視界に入った。

竹製の細長い棒には、何日か前にできあがった暖簾が吊《つ》り下がっている。真っ白な布地に藍色で染め抜かれているのは、「小料理　ゆきうさぎ」の文字。あの暖簾が外に出るとき、長年抱いていた夢が、ついに現実となるのだ。

『私、自分のお店を持ってみたいの』

雪枝が打ち明けたとき、純平は驚きに目を丸くした。

『お店?』

『そう。父がやっていた――ひよし食堂みたいな飲食店をね』

かつて、この町の片隅《かたすみ》で両親が営んでいた小さな食堂。多くの常連客が集い、近所でも評判の人気店だったが、父の他界で終焉《しゅうえん》を迎えた。後継者はなく、残された母だけでは経営を続けられなかったため、店を閉めるしかなかったのだ。

食堂があった土地は売却され、年老いた母は長兄夫妻に引きとられた。雪枝が幸せな子ども時代を過ごした実家は、いまは知らない家が建ち、昔の面影はなくなっている。

亡き父は、骨の髄《ずい》まで料理人だった。自分が腕をふるった料理を、お客においしく食べてもらえることを至上の幸福としていたのだ。そんな父が生き生きと働く姿に触発された雪枝は、幼いころからその仕事に興味を持っていた。

兄たちが料理に無関心だったこともあり、父は末娘の雪枝が『ご飯のつくりかたを教えて』と頼むと、よろこんで厨房に入れてくれた。めきめき腕を上げていく娘を見て、母は『これならいつでもお嫁に行けるわねえ』と笑っていたが……。

(本当はあのまま料理人になって、お父さんと一緒に厨房に立ちたかったのよね)

子どものころは、無邪気にそんな未来を夢見ていた。

しかし当時、女性は年頃になれば結婚し、家庭に入ることが常識だった。雪枝もその流れには逆らえず、お見合いを経《へ》て純平のもとに嫁いだのだ。専業主婦として夫を支え、ふたりの子どもを産み育てた三十年。料理人にはなれなかったが、愛する家族に囲まれて過ごした年月は、間違いなく幸せだった。

雪枝は結婚してからも定期的に実家に通い、父から料理の手ほどきを受けていた。そしてついに、『もう教えることがない』と言われるほどに、その技術のすべてを受け継いだのだ。だからこそ、父が亡くなり食堂が閉店したと聞いたときは、悲しみで胸が押しつぶされそうだった。

自分があとを継いでいたら、あのお店はいまでも営業していたかもしれない。考えてもしかたのないことだが、そう思わずにはいられなかった。

父から教わった料理を食卓に出すと、家族は皆よろこんでくれた。会合などで近所の人たちに食事やお菓子をふるまうと、その出来栄えが評判を呼び、自宅で主婦向けのささやかな料理教室を開けるようになった。それだけでもじゅうぶん幸せだったけれど。

『自分の店か……。いいね。雪枝ならできると思うよ』

反対されるかと思ったのに、純平はあっさり快諾してくれた。

『開店資金は僕がなんとかしよう。融資が必要なら希望の額を引き出してみせる。銀行員の腕の見せ所だな』

自信満々に言いながら、純平は不敵に笑った――

（純さんは、何事も有言実行するところがすごいわ）

裏の厨房に戻った雪枝は、ゆるんでいた髪をきっちりと結い直した。エプロンと三角巾をつけて手を洗ってから、冷蔵庫の扉を開ける。まずは時間がかかる料理から仕上げていかなければ。

とり出したのは、商店街の精肉店で購入した豚《ぶた》バラ肉のかたまり。初日に来てくれたお客に一品を無料でふるまうのだと言うと、主人は景気よく値引きしてくれた。

『これはご祝儀ってことで。あとで女房と一緒に行かせてもらうよ』

気のいい主人の厚意に感謝しながら、雪枝はさっそく調理にとりかかった。

新しい店は、ひよし食堂があった町につくろう。

そう決めて店舗を探していたとき、駅に近い商店街のはずれに、売り出し中の土地があることを知った。

売り主の事情で相場よりも安くなっていたその土地を、純平はすぐに購入した。更地なので家と店舗を建てなければならなかったが、せっかくだから新築にしようということになったのだ。工事は町内で評判のよい工務店に依頼して、話し合いを重ねた。そしてついに、自分たちのこだわりが反映された建物が完成したのだった。

『これが新しい家か……！』

念願の一軒家に移り住んだ純平は、退職して暇ができたこともあり、嬉々《きき》として庭仕事に力をそそいだ。引っ越し当初は殺風景だった庭は、夫がさまざまな草木を植え、熱心に手入れをしたおかげで、いまでは見違えるほどに美しい。

丹精こめて育てた花が咲いたとき、純平は得意げな表情で雪枝を呼ぶ。それから愛用のカメラで撮影し、アルバムにおさめるのが趣味になっていた。ハチとシマを迎えてからは毎日のように彼らの写真を撮っているので、ネガだけでも大量だ。

新しい生活にも慣れたころ、雪枝と純平は開店に向けて動きはじめた。

『調理と接客は私がやるわ。純さんには経理をお願いしたいのだけど』

『経理か。うん、裏方なら得意だよ』

『もし忙しくなったら、アルバイトの人を雇いましょう』

『そうなるといいね。近くに神社があるから、商売繁盛の祈願をしておこうか』

『ああ、樋野《ひの》神社ね！　あそこはご利益があるわよ。うちの父も、生前はよく祈禱《きとう》していただいたみたいだし』

雪枝が開業に不可欠な資格をとると、純平も銀行から無事に融資を引き出すことに成功した。保健所や消防署、税務署を回って必要な届を出し、食材や酒類の仕入れ先を決めて契約する。オープンの日取りが決まると、商店街に挨拶《あいさつ》回りをしてチラシを配った。まずは近所の人々に存在を伝え、興味を持ってもらわなければ。

毎日がめまぐるしく、いくつもの季節が風のように過ぎていった。

それらの努力が実を結び、いよいよ今日、小料理屋「ゆきうさぎ」が開店する。

（お父さんから受け継いだ料理……これから大勢の人に食べてもらいたい）

弱火で煮込んでいる鍋の様子を確認したとき、母屋《おもや》につながる小部屋のドアが開いた。

「掃除機、かけ終わったよ。洗濯物も干した」

「お疲れさまです。はっちゃんたちは？」

「居間で仲良く眠ったところだよ。それはそうとこの香り……角煮だね？」

「ふふ、ご名答。ちょうどできたところだから、味見する？」

雪枝が笑いかけると、慣れない家事に疲れていた純平が、ぱっと表情を輝かせた。床の上に置いてあった健康サンダルに足を突っこみ、いそいそと近づいてくる。

生魚を嫌がり、野菜も原形がないほどに刻んで混ぜこまなければ手をつけない。そんな偏食の夫が目の色を変える、一番の好物。それが豚の角煮だ。

「はい、どうぞ。熱いから気をつけてね」

「ありがとう」

一切れを小皿にとって渡すと、純平は期待に満ちた顔で箸を入れた。

時間をかけて下茹《ゆ》でを行い、煮汁をたっぷり染みこませた豚肉は、少しの力でほろりと崩れる。下茹での際におからを入れたので、余計な脂《あぶら》が抜け、さっぱりとした仕上がりになっているはず。かといってあっさりしすぎてしまうのも味気ないため、煮汁には濃厚な甘さを秘めた黒砂糖と、華やかな香りを放つ紹興酒《しょうこうしゅ》を加えてコクを出した。

「ああ……肉がとろける。本当に、雪枝の角煮はいつ食べても最高だ」

角煮を一口頬《ほお》張った純平は、幸せそうに表情をゆるませる。惜しみない賞賛の言葉が嬉しくて、雪枝の口元もほころんだ。

雪枝がつくる料理は、ほとんどが父から教わったもの。しかしいくつかは母から伝授されたレシピもあり、角煮もそのひとつだった。ひよし食堂では、豚肉が安く手に入ったときに母がつくるもので、通常のお品書きには載せていない。それでも常連客の間では、人気の隠しメニューとして知られていた。

一流の料理人である父ですら、『角煮は母さんにかなわない』と絶賛していた一品。雪枝が家を出るとき、母は嫁入り道具と一緒に角煮のレシピを持たせてくれた。のちにそれが自分と夫にとって、救いの一品になるとは思いもしなかったが……。

（昔の私がいまの純さんを見たら、きっと目を疑うでしょうね）

雪枝は小さく笑った。新婚時代とくらべたら、夫はまるで別人のようだ。

純平と結婚し、一緒に暮らしはじめてからしばらくの間、宇佐美家の食卓に会話らしい会話はほぼなかった。

いまは心を開いているが、当時の夫は雪枝に対しても愛想が皆無で、こちらが話しかけても返ってくるのは最低限の答えだけ。本人曰《いわ》く『当時はどう接すればいいのかわからなかった』そうだが、会話の絶えないにぎやかな家庭で育った雪枝は大いに戸惑った。

さらに雪枝を悩ませたのは、純平が食事の際、何を出してもあまり嬉しそうな顔をしないことだった。料理は残さず平らげてくれるのだが、満足しているようには見えなかったのだ。生魚や野菜を使った料理をつくったときは、その傾向が特に強く、もしや食べ物の好き嫌いが激しいのではないかと思い至った。

苦手なものを我慢して食べていたのは、新妻に対する彼なりの気遣い。

そのことに気づいた雪枝は、すぐさま対策にとりかかった。

　魚には必ず火を通し、貝類や納豆を出すのをやめた。野菜は栄養の面からも、まったく摂取しないわけにはいかなかったので、細かく刻んだりミキサーでペースト状にしたりして、さりげなく料理にとり入れた。

　もう戦時中ではないのだし、口に合わないものを、無理してお腹に入れる必要はどこにもないのだ。縁あって夫婦になったのだから、夫が心からおいしいと思える料理を、お腹いっぱい食べさせてあげたい。

　雪枝は食事のたびに、純平の様子を注意深く観察した。

　何が好きで何が嫌いか。味つけはこってりさせたほうがいいのか、それともあっさり系なのか。当時はまだお互いをよく知らず、純平も本音を言わなかったので、ひそかに探るのはなかなか大変だった。

　調査の結果、夫が豚肉料理を好むことがわかった。雪枝はさっそく母から教わった角煮をつくり、夕飯のおかずにしてみた。最初の一口は緊張したが、純平は予想以上によろこび、これは美味いと笑ってくれたのだ。

　工夫を凝《こ》らした料理を出すようになってから、純平の表情は日に日にやわらかくなっていった。気に入ったおかずがあると、ご飯のお代わりをするようにもなり、会話もはずむようになる。少しずつ明るくなっていく家庭が、どれほど嬉しかったことか。

「角煮は無料で出すんだろう?」

「ええ。初日に来てくださったお客さんに、感謝の意味をこめてね。お酒も一杯目はサービスしようと思うの」

「大盤振る舞いだなぁ。気に入ってもらえるといいね」

角煮を平らげた純平は、次に何をつくるのかをたずねてきた。

雪枝は少し考え、「ポテトサラダにしようかしら」と答える。これは両親から教わったものではなく、分量や味つけは独自に研究した。自分はもちろん、純平や毬子、零一ら家族の好みもとり入れた、宇佐美家の味だ。

ポテトサラダは家庭でも気軽につくれる料理だが、知れば知るほど奥が深い。じゃがいもの種類や加熱方法、つぶし方、そして具材や味つけを変えれば、レシピは無限に増えていく。じゃがいもを使った肉じゃがと同じく、家庭料理と聞けばすぐに頭に思い浮かぶような、身近なおかずだと思う。

角煮と肉じゃが、そしてポテトサラダ。得意料理は何かと訊《き》かれたら、雪枝はこの三品を挙げる。もちろん苦手な人もいるだろうが、数は少ないと見越して、今日はポテトサラダをお通しに、そして角煮をお試しとして無料でふるまうことにしたのだ。

(お客さんにはやっぱり、得意料理から食べてもらいたいものね)

できあがった角煮を大皿に移していると、純平がふたたび話しかけてきた。

「ポテトサラダか……。それなら僕にも手伝えるかな」

「あら、純さんが台所に立つなんてめずらしい」

「きみが忙しくしているのに、僕だけ家でゴロゴロしているわけにもいかないだろう。雑用でもなんでもいいから使ってくれよ」

「ありがとう。嬉しいわ」

にっこり笑った雪枝は、夫にポテトサラダの調理を手伝ってもらうことにした。

純平は妻の指示でじゃがいもを洗い、皮がついたまま蒸し器に並べた。火を通している間に、今度は具材のキュウリをぎこちない手つきで切りはじめる。雪枝が愛用しているレースのエプロンをつけ、不器用ながらも真面目に作業に取り組む姿が愛おしくて、心の中がほんわかとあたたかくなる。

(さてと。私も手を動かさなきゃ)

自家製のマヨネーズをつくろうとしたとき、店舗の格子戸が開く音がした。

「こんにちはー」

室内に明るい男性の声が響き渡る。開店時刻にはまだはやいが、業者のために戸を開けているのだ。雪枝は「はーい」と答えて厨房をあとにした。

「あ、お忙しいところすみません」

　ぺこりと頭を下げたのは、可愛らしい花籠《はなかご》をかかえた青年だった。年齢は二十七、八くらいだろう。長袖のシャツにジーパン、スニーカーといった姿の相手に見覚えはないので契約した業者ではなさそうだ。

「はじめまして。桜屋《さくらや》と申します」

「桜屋……もしかしてお向かいの駄菓子屋さんかしら」

　横断歩道を挟んだ先には、昔ながらの駄菓子屋がある。雪枝と同年代の夫婦が営んでいるはずだけれど……。

「店主は父です。実は近々あの店を閉めて、自分が新しく洋菓子店をやることになったんですよ。昨日、妻と一緒に引っ越してきたのでご挨拶をと」

　青年は手にしていた花籠を、「どうぞ」と雪枝に渡す。

「こちらのお店は今日がオープンなんですよね？　これは花輪の代わりに」

「あらまあ、ご丁寧《ていねい》にありがとうございます」

　雪枝好みの花籠は、彼の奥さんが隣の生花店で頼んだものらしい。妊娠中だという彼女は、今日は少し体調がすぐれず、家で休んでいるそうだ。

「妻の具合がよくなったら、ふたりで食事しに来ます。両親は今夜来ると思いますよ」

「お待ちしています。奥様にもよろしくお伝えください」

青年が帰ってからさほどの時間を置かずに、二人目の来客がおとずれた。

「八尾谷《やおたに》さん、こんにちは」

「こんな時間に失礼します。お祝いのお花を持ってきました」

年の頃は三十代の前半、黒縁の眼鏡をかけた素朴《そぼく》な雰囲気の男性は、商店街でクリーニング店を経営している若店主だ。商店街の中でもご近所なので、店主とは何度も話したことがあるし、奥さんとも交流している。

「――あれ、先を越されたか」

桜屋青年と似たような、リボンがついた花籠をかかえていた店主は、カウンターの上に置いてあったそれを見てつぶやく。おそらく同じ生花店でつくってもらったのだろう。アレンジされている花の種類が違うため、また別の魅力がある。

「お花はたくさんあるほうが嬉しいですよ。店内も華やぎますもの。お心遣いありがとうございます」

「そうですか、よかった。それにしてもいい匂いだなあ……」

「豚の角煮ができあがったんです。ほかにもおいしいお料理をご用意していますから、八尾谷さんもぜひいらしてくださいね」

「ええ、もちろん。期待しています」

新しい店がオープンしたとき、通常は外に大きな花輪を飾って知らせるものだが、「ゆきうさぎ」にはあいにくそのスペースがない。だから代わりに花籠で祝いの気持ちを伝えてくれたのだろう。心のこもった贈り物が胸に染みる。

その後も「ゆきうさぎ」には、商店街の人々が入れ替わり立ち替わり、祝いの品を届けるためにやって来た。カウンターの上はいつの間にか、花束や果物、お菓子の箱などが山積みになっている。雪枝と純平は人々の厚意に感謝しながら、丁寧に片づけていった。

「いい人ばかりでよかったな」

「本当に」

贈られた花籠を飾り、花束を花瓶《かびん》に活《い》けると、店内が一気に華やかになった。

オープンは刻一刻と迫っている。雪枝は気合いを入れて料理の続きにとりかかった。


それから数時間後の、十七時過ぎ――

「雪枝ちゃん、お腹は大丈夫？　苦しくない？」

「平気よ」

「じゃあ仕上げに入りましょう。帯揚げをこうして……」

はみ出ていた帯揚げをととのえた十和子が、やがて満足そうにうなずいた。

「これで完成よ。うん、やっぱり素敵！　私の見立ては間違っていなかったわね」

十和子は雪枝の手を引いて、姿見の前へといざなった。

鏡に映し出されたのは、桜の花びらを溶かしたような色の着物に身を包んだ自分の姿。白いものが交じる髪は、十和子がきれいに結い上げてくれた。薄化粧をほどこし、上品な和服に袖を通すと、気持ちがきりりと引き締まる。

「なんだか料亭の女将《おかみ》さんになったみたいだわ」

「『みたい』じゃなくて、本当に女将さんになるのよ？　料亭じゃないけど」

苦笑した十和子が、帯締めにつけられた小さな飾りにそっと触れる。

「この帯留め、すごく可愛い。どこで買ったの？」

「毬子からもらったのよ。屋号にちなんだものを見つけたからって」

帯の中央で跳ねているのは、白蝶貝《しろちょうがい》でつくられた白いうさぎ。雪枝が小料理屋を開くことを知った娘は、お祝いだと言って、新品の帯と一緒にこれを送ってくれたのだ。老舗《しにせ》の旅館に嫁いだ毬子は、仕事着が着物なだけあって、自分よりも和装に詳しい。贈られた帯もみごとな品で、雪枝の着物と調和していた。

『近いうちに絶対、お母さんのお店に食べに行くから。大樹《だいき》と瑞樹《みずき》も連れてね』

娘の仕事は休みが少なく、年子の孫たちも幼い。遠出ができるほど落ち着くのはまだ先になるだろうが、その日が来るのを楽しみにしている。

「雪枝ちゃん、着付けの仕方はもう覚えた?」

「なんとか。明日からは自分でやらないといけないものね」

「最初は時間がかかるだろうけど、すぐに慣れるわよ。何も心配いらないわ」

笑顔になった十和子が、雪枝の肩をぽんと叩く。

五つ年上の彼女は、自分にとって親しい友人であると同時に、頼れる姉のような存在でもあった。つき合いはすでに五十年以上。十和子が結婚で東京を離れ、お互いが子育てに忙しくしている間も連絡をとり合い、現在に至っている。

子どものころに結んだ友情が、いまも続いているのは十和子ただひとりだけ。片方が遠方に引っ越したり、就職や結婚で生活が変わったりすると、それまでの友人とはいつの間にか疎遠になってしまうもの。けれど十和子との関係は、戦争を経ても切れなかったのだから、きっと強い縁《えにし》で結ばれているのだと思う。

「それにしても。本当に小料理屋の女将さんになるとはねえ……」

着物姿の雪枝をまじまじと見つめながら、十和子が感慨《かんがい》深げな表情で言った。

父の店は食堂だったが、いろいろと考えた結果、雪枝は酒類も出す小料理屋という形態を選んだ。自分が理想とするのは、おいしいお酒と一品料理をつまみながら、ゆったりとくつろげるような空間。食堂とは少し方向性が違っていたのだ。屋号は「ひよし」を引き継ぐつもりだったのだが、純平の言葉で考えを変えた。

『雪枝の店なんだから、新しい名前をつけてみたらどうかな。お義父《とう》さんもそのほうがよろこんでくれるような気がする』

『それもそうね……。じゃあ、純さんはどんな屋号がいいと思う？』

『実はもう決めてあるんだ。きみの名前……宇佐美雪枝をもじって「ゆきうさぎ」っていうのはどうだろう』

『駄洒落？』

『ちょっとした言葉遊びだよ。可愛らしい感じだし、イメージも浮かびやすい』

そう言って、純平は得意げに笑ったのだ。

「雪枝ちゃんから飲食店をやりたいって聞いたときは、半信半疑だったのよ。でもこうして立派なお店も建てたことだし、繁盛してほしいわ」

「ええ、頑張る」

「私は頻繁《ひんぱん》には来られないけど、次は旦那《だんな》も連れてくるわね」

「ありがとう。そのときは十和子ちゃんと旦那さんの好物をつくるわ」

十和子は現在、夫婦で群馬県に住んでいる。今日は着付けとお祝いのために、わざわざ東京まで駆けつけてくれたのだ。

自分よりも小柄な親友と微笑み合ったとき、母屋につながるドアがノックされた。

開けてもいいかと訊かれ、許可をする。すぐにドアが開き、ハチを抱いた純平が顔をのぞかせた。つき合いが長いだけあって、人見知りの夫も十和子に対しては心を許し、家族に近い接し方をしている。

「着付けは終わった？」

「ちょうどいいところに。ご覧なさい純平さん、女将の晴れ姿よ」

夫のほうにふり向いた雪枝の背中を、十和子が嬉々として押し出す。

純平の前で和装を披露したのは、数年前にあった毬子の結婚式以来だ。あのときは花嫁の母ということで、定番の黒留め袖だったけれど。

「どうかしら、似合う？」

「…………」

はにかみながら問いかけると、純平はまぶしいものでも見るかのように目を細めた。やややあって、ゆっくりと口の端を上げる。

「ああ、すごくきれいだ。よく似合っている」

雪枝の表情が、花でも咲いたかのようにほころんだ。夫はいろいろなことに対して不器用ではあるけれど、性根はとても正直で優しい人だと知っている。嘘《うそ》をつくのが苦手でお世辞も言えないため、心からの言葉なのだとわかって嬉しい。

「これからは毎日、雪枝の着物姿が見られるのか。眼福だな」

「すぐに見慣れちゃうと思うわよ？」

「それも贅沢な話だ」

ふたりで笑い合っていると、かたわらで聞いていた十和子が「いつまでたってもお熱いですこと」とからかう。

彼女は雪枝たちのことをうらやましがるけれど、こうやって素直にお互いに対する愛情を伝えられるようになったのは、実はつい最近のこと。子育てを終え、現役を退《しりぞ》いたことで、新婚以来のふたり暮らしがはじまった。若いころはぎこちなかったが、三十年以上も連れ添ったいまは、そばにいてくれるだけで安心する。

自分も夫も年老いて、今後の人生がどれだけ残っているのかもわからない。だからこそ言葉を惜しまず伝えたいのだ。

「――あらやだ、もうこんな時間！」

何気なく時計に目をやると、思っていた以上に時間が過ぎていた。そろそろお客を迎える準備をしなければ。

「純さん、六時になったら暖簾を出してくれる？　お客さんがいらしたらご挨拶も」

「わかった」

「あとは料理を大皿に移して……。そうだわ、先にはっちゃんたちにご飯を食べさせておかないと。シマちゃんはどこにいるのかしら」

「居間じゃないかな。座布団の上で昼寝していたから」

自宅にとりに行きたいものがあったため、雪枝はハチをかかえた純平とともに、母屋に戻った。静まり返った居間に入り、座卓の近くに視線を向ける。

だが予想とは裏腹に、そこにシマの姿を見つけることはできなかった。昼寝をしていたという座布団には、ほのかなぬくもりと茶色い抜け毛だけが残されている。

「シマちゃん……？」

どこからか吹いてきた夕方の風が、雪枝の頬を冷たく撫でた。

何が起こったのかを察するなり、頭の中から血の気が引いた。声が震える。

「まさか、あそこから……!?」

着付けの前、雪枝は室内の空気を入れ替えようと思い、縁側の窓を少しだけ開けていたのだ。網戸にしていたのだが、きっちり閉めたはずなのに、なぜかいまは隙間《すきま》が空いている。そう、猫が一匹するりと通り抜けられる程度に。

猫は網戸にいたずらをするし、賢い子は開け方を覚えて外に出てしまうと、親戚から聞いたことがあった。それをいまになって思い出すなんて。

「シマちゃん！」

居ても立ってもいられなくなり、雪枝は力まかせに網戸を開けた。縁側に出ようとしたものの、あわてるあまり着物の裾《すそ》に躓《つまず》いてしまう。

「雪枝！」

寸前に純平が支えてくれたおかげで、なんとか転倒を免《まぬか》れる。動揺がおさまらない雪枝に、夫はおだやかな声音《こわね》で「落ち着いて」と語りかけた。

「まだ外に出たと決まったわけじゃない。僕は庭を見てくるから、きみは家の中を」

雪枝がうなずくと、純平はハチを床に下ろして縁側に出た。置いてあったサンダルを履いて庭に下りる。入れ替わりに異変を察した十和子が来たので、雪枝は彼女と手分けをして家の中をくまなく探した。

「二階も見てみたけど、いないわね……」

「やっぱり外に出て行っちゃったんだわ。まだ子どもなのに」

雪枝は涙目でうなだれた。

純平がまだ戻ってこないということは、おそらく庭にもいないのだろう。自分が気をつけなければならなかったのに、気を抜いて大事な家族を危険にさらしてしまった。

悪い人につかまっていたらどうしよう。道路に飛び出して事故にでも遭ったら……。嫌な想像ばかりが脳裏《のうり》をめぐり、雪枝はたまらず奥歯を嚙んだ。

「十和子ちゃん。私、ちょっと外を見てくる」

「え、でもじきに六時よ。お店は？」

「それは……！」

頭の中が混乱して、考えがまとまらない。せわしなく視線を動かしたとき、雪枝の足下にまとわりついていたハチの耳が、ぴくりと動いた。突如《とつじょ》、玄関に向かって走り出す。

「はっちゃん！」

ハチまで見失ってなるものかと、雪枝はとっさにそのあとを追いかけた。

なんとかつかまえて抱き上げたとき、示し合わせたかのようなタイミングで呼び鈴が鳴る。こんなときに誰だろうと思いながら、十和子にハチを託して戸を開けた。

「あ……」

「どうも、奥さん。ご無沙汰《ぶさた》してます」

この人は――

かぶっていたハンチング帽をとり、会釈をしたのは顔見知りの男性だった。一年前、この家と店舗を建ててくれた、久保《くぼ》工務店の社長である。

相手は雪枝と同年代で、五十代の半ばくらい。背丈は低めで小柄だが、そのぶん現場で小回りが利くのだと自慢げに言っていた。施工前の打ち合わせでは、雪枝たちの希望を可能な限りとり入れて、素晴らしい家を建築してくれたのだ。

工務店は同じ町内にあるのだが、工事の完了後は、社長と顔を合わせる機会もほとんどなくなっていたのだけれど……。

「あの、社長さん。今日はどのようなご用件で……」

「違ってたら悪いんだけどさ。このチビ助、もしやおたくの猫じゃないかねえ?」

言いながら、社長は妙にふくらんでいるブルゾンのファスナーを下ろしていく。

次の瞬間、待っていましたとばかりに、中からシマが顔を出した。驚きに目を見開く雪枝の前で、シマは軽やかな動作で靴脱ぎ場に着地する。そして上がり框《かまち》を飛び越え、兄猫を抱く十和子の足下にすり寄ったかと思うと、甘えるように鳴きはじめた。

「おお、やっぱり宇佐美さんの猫だったか。家に帰れてよかったな」

「社長さん、どこでこの子を？」

戸惑う雪枝に、社長は笑顔で教えてくれた。

「近くの道を歩いていたときに見つけたんだよ。毛並みがいいし、野良猫《のら》には見えなくてな。しかもどこかで見たような顔だったものだから、必死に思い出そうとしたわけよ。そしたら宇佐美さんとこのチビ助が浮かんだってわけだ」

そういえば、ハチとシマを迎えてから、社長は事務処理の関係で一度だけこの家をたずねてきた。そのときの記憶が残っていたのだろう。

何はともあれ、無事に見つかってよかった。雪枝は安堵《あんど》の息をつく。

夫に伝えるために庭に行くと、純平は冷蔵庫から調達したらしき鯵《あじ》をエサにして、シマをおびき寄せようと頑張っていた。シマが帰ってきたことを教えると、心底ほっとした表情になり、玄関のほうへと駆けていく。

「――このたびは本当にありがとうございました」

雪枝と純平が深々と頭を下げると、社長は「大げさだな」と苦笑する。

「たいしたこたぁしてねえよ。これからは気をつけてやるんだな」

「はい」

「ところで奥さん、今日は『ゆきうさぎ』がオープンする日だったよな?」

社長はふところから一枚の葉書をとり出した。小料理屋の開店を知らせるために、雪枝が一筆したためたものだ。これまでお世話になった人々にも送っている。

「ついにこの日が来たんだなあ」

葉書を見つめながら、社長はしみじみとした口調で言った。

「ほれ、店が完成したとき、宴会と称して奥さんが手料理をふるまってくれたことがあるだろ。あのときの飯、どれもめちゃくちゃ美味くてなぁ……。だから店が開くのを楽しみにしてたんだ。これからは好きなときに食えるんだな」

「常連さんになってくださるんですか?」

「おうともよ。記念すべき第一号としてよろしく頼むな、女将さん」

最後のひとことが、雪枝の気持ちを大いに奮《ふる》い立たせる。

自分は今日から、小料理屋「ゆきうさぎ」の女将になるのだ。格子戸の外には、店が開くのを今か今かと待つ人々がいる。おいしいお酒とあたたかな家庭料理、そしてなごやかな語らいを求めて来てくれたお客に、できる限りのおもてなしを。

背筋を伸ばした雪枝は、夫と目を合わせて微笑んだ。

「純さん、暖簾をかかげましょう。『ゆきうさぎ』のはじまりよ」

2　巣立ちの日

　三月二十六日、十六時十分。

　自宅があるマンションの前までたどり着いたとき、背後から声をかけられた。

「あら、もしかして碧《あおい》ちゃん？」

　玉木《たまき》碧がふり向くと、そこにはカラフルなエコバッグを肩掛けにした、買い物帰りと思《おぼ》しき中年女性が立っていた。同じマンションの三軒隣に住んでいる奥さんで、碧のことは小学生のころからよく知っている。

「こんにちは」

　碧が笑顔で挨拶《あいさつ》すると、彼女も陽気な笑みを浮かべて近づいてくる。

「そういえば、大学はいまごろが卒業式だったわねえ。うちの息子は来年だけど、ちゃんと卒業できるのかが心配よ。ところで袴《はかま》はレンタルしたの？」

「はい。友だちにいい業者を教えてもらって」

「男の子はだいたいスーツだから、着飾りがいがないのよね。その点、女の子は華やかでいいわぁ。それに少し見ないうちにきれいになって！　おばさんびっくりしちゃった」

目尻を下げた女性が、碧の晴れ姿をまじまじと見つめる。

「すっかり大人のお姉さんねー。ちょっと前まで、うちの子たちと泥だらけになって遊んでいたとは思えないわ。私も歳《とし》をとるはずよ」

碧が身にまとっているのは、カスタードクリームを薄く溶かしたような色の着物に、濃い紫の袴。胸元や袖《そで》には赤にピンクといった色の花々が咲き誇り、丁寧《ていねい》にメイクをほどこしてもらった碧の顔を明るく引き立たせている。

結い上げられた髪に咲いているのは、梅と桜をかたどった髪飾り。これはレンタル品ではなく、母方の祖母がプレゼントしてくれたものだ。隣県に住む祖父母の家には、二日後に父とふたりで出向き、卒業の報告をすることになっていた。

「碧ちゃん、四月からは社会人よね。家を出てひとり暮らしになるの？」

「いえ、当面はここから通うつもりです」

「あらそうなの。それはお父さん、よろこばれたでしょうね。男親にとっての娘は、いつまでたっても可愛《かわい》いお姫様なんだから。うちの旦那曰《だんないわ》く、いくつになっても娘と離れるのはつらいみたいよ。結婚なんてした日にはどうなることやら」

「あはは。うちの父は何を言っても落ち着いてましたけど」

何日か前、碧は「ゆきうさぎ」の店主である大樹《だいき》とおつき合いしていることを、ようやく父に打ち明けた。大樹の人柄は父もよく知っているし、反対されることはないだろうけれど、きっと驚くに違いない。だからとても緊張したのに。

(まさかとっくに気づいていたとは……)

父曰く、常連の間ではすでに噂《うわさ》になっていたらしい。「ゆきうさぎ」に集う人々は年齢が高いこともあり、人生経験が豊富だ。その手のことにも敏《さと》いから、碧と大樹の関係が変化したことも、鋭く察知できたのだろう。

交際はあっさり認めてもらえたし、それはそれでよかった。しかし、娘に彼氏ができてうろたえる父の姿も、ちょっぴり見てみたかったような気がする。

「玉木さんは優しいけど、意外とクールよね。でも本心では、これからも碧ちゃんと一緒に暮らせて嬉《うれ》しいと思っているはずよ。大事にしてあげなさいな」

世間話に花を咲かせながら、碧と女性はオートロックの自動ドアを通ってマンションに入り、エレベーターに乗った。三階で降りるとそこで別れ、それぞれの家に帰る。玉木家があるのは三〇一号室で、階段からは近いが、エレベーターだともっとも遠い。

碧はバッグの中から鍵をとり出し、ドアを開けた。

「ただいまー」

誰もいない家に、草履《ぞうり》を脱いで上がる。父は仕事が忙しく、帰宅は二十二時ごろになりそうだと言っていた。せっかくの着物だし、見てもらいたいのは山々だけれど、何時間もこの格好でいるのはつらい。あちこち歩き回ったから、メイクも崩れかけている。

事前の記念撮影には同行してくれたし、父も娘の晴れ姿に満足していた。あとは今日スマホで撮った卒業式の写真を見てもらえばいい。

（シャワー浴びたい……けど、その前に）

何を置いてもまず、やらなければならないことがある。

碧は手鏡を見ながら、さっとメイクを直した。着物の衿元《えりもと》をととのえ、亡き母の仏壇がある和室に入る。遺影の前に立った碧は、卒業証書が挟まれたホルダーを開いた。

「お母さん。本日、無事に大学を卒業しました！」

ホルダーを仏壇に立てかけ、最後に受けとった成績表も広げて供える。さすがに首席とまではいかなかったが、堂々と母に見せることができる結果だ。

「けっこう頑張ったでしょ。卒論はすごく褒《ほ》めてもらえて、ゼミ代表で発表会にも選ばれたんだよ。教授の講義は面白かったし、ゼミのみんなも楽しくてね。玲沙《れいさ》やことみとも仲良くなれたし……」

仏壇の前で正座した碧は、母の遺影に向けて語りかける。

将来は、母と同じ教師の道に進みたい。高校生のときに打ち明けると、母はすぐさま都内の大学から大量の資料をとり寄せた。評判のよい教育学部や学科があり、なおかつ碧の偏差値につり合う学校を調べて絞りこんでくれたのだ。なんだか進路指導の先生と話しているような気分だったが、あのときの母はとても頼もしかった。

やがて碧は志望校を決め、受験勉強をはじめた。めざす大学は当時の成績よりもやや水準が高かったが、母は碧の挑戦を応援し、予備校にも入れてくれた。夜遅くまで勉強していたときは、母が腕によりをかけておいしい夜食をつくり、これを食べて頑張れとはげましてくれたことを憶《おぼ》えている。

『明日はカレーピラフが食べたいなー』

『またぁ？　今日はカレーうどんだったし、昨日はカレードリアだったでしょ。そろそろ別のものもリクエストしてよ』

『だってお母さんのカレー、おいしいんだもん。ぜんぜん飽きない』

『……しょうがないわねえ』

ただ無邪気に、母に甘えることができたあのころ。当時は何気ない日常がずっと続くと信じて疑わなかった。まさかあれほどはやく、永遠の別れが来てしまうなんて――

母の愛情と支えがなければ、自分は第一志望の大学に合格することなどできなかっただろう。おかげでよき友人や恩師と出会えたし、教師になるという夢も、ついに現実のものになろうとしている。母には感謝してもしきれない。

「サークルには入らなかったけど、バイトは四年も続けられたよ。お母さん、昔『ゆきうさぎ』でご飯を食べたことがあるんだってね。教え子の七海《ななみ》ちゃんから聞いたよ。わたしも一緒に行ってみたかったな」

本当は写真越しではなく、生きている母に伝えたかった。大学四年間の思い出を、母と共有して笑い合いたかった。けれどそれはもう、かなうことのない夢だから、せめて遺影の母に聞いてほしい。きっと写真を通じて、天国にも伝わっているはず。

「ああそうだ、教え子といえば」

そっと目を伏せた碧は、ぽつりとつぶやく。

「都築《つづき》さん、元気かな……」

脳裏《のうり》に浮かんだのは、銀縁の眼鏡をかけた、真面目《まじめ》で堅物そうな青年の姿。

彼について考えようとすると、いまでも胸がずきりと痛む。自分は都築が伝えてくれた好意に応《こた》えることができなかったから。異性として好きなのは大樹だけだし、自分が返した答えに後悔はないけれど、澱《おり》のような罪悪感が残っている。

あれからもうすぐひと月半。意図的に避けられているのか、都築とは一度も会っていない。「ゆきうさぎ」の来店も途絶えてしまい、近況もわからなかった。

(行動を起こせば、何かが変わる。これまでと同じようには行かなくなるよね)

都築もそれを承知の上で、変化を生み出したのだろう。このまま縁が切れてしまったとしても、しかたがないと受け入れなければならないのか……。

大きなため息をついた碧を、母の遺影が静かに見守っていた。

碧の父、浩介《こうすけ》が帰ってきたのは、二十二時を回ってからのことだった。

「お帰りなさーい」

玄関で出迎えた碧に、父は「お土産《みやげ》だよ」と言って白いポリ袋を手渡した。中をのぞくと、蓋《ふた》つきの透明なパックに、串に刺さった焼き鳥がぎっしり詰めこまれている。パックはまだあたたかく、隙間《すきま》から炭火の香ばしい匂いがただよってきた。

「わ、おいしそう!」

「駅前にめずらしく屋台が出ていたんだ。香りを嗅《か》いだら無性に食べたくなってね、思わず買ってきちゃったよ。たしか冷蔵庫にビールがあったはずだけど」

「冷えてるのは二本だったかなぁ。でもこれ、ちょっと量が多くない？」

「さっき、お土産だって言っただろう。もちろん碧のぶんもあるよ」

「いいの？　ありがとう！」

碧の表情が輝いた。袋を手にしてうきうきと台所に向かう。

父がお風呂に入っている間に、晩酌《ばんしゃく》の支度をしておこう。食事は軽くしかとっていないということだし、焼き鳥のほかにも何か、お腹《なか》にたまる夜食をつくりたい。

(とはいえあんまり時間がないし、簡単にね)

炊飯器を開けると、ひとりぶんの白米が残っている。

碧はフライパンに油をひいて熱してから、溶いた卵を入れて火を通した。ご飯を加えて炒《いた》め合わせ、串からはずしたモモ肉の焼き鳥と、あらかじめ混ぜておいた調味料で味をととのえる。ご飯がパラパラになったところでお皿に移せば、焼き鳥炒飯《チャーハン》の完成だ。

野菜もほしかったので、トマトを切ってサラダにした。市販の和風ドレッシングをかけて、ちぎった大葉を散らす。

残りの焼き鳥はそのまま食べることにして、クッキングシートに包み、電子レンジであたため直した。できあがった料理をダイニングテーブルに並べ終えたとき、首にタオルをかけた湯上がりの父が、気持ちよさそうな表情でやってくる。

「あれ、炒飯もつくってくれたのか」

「ご飯ものもあったほうがいいんじゃないかと思って」

「実はけっこうお腹がすいていたんだよ。助かった」

微笑《ほほえ》んだ父が、冷蔵庫からよく冷えた缶ビールを一本とり出した。愛用しているビアグラスの中に、黄金色の液体をそそいでいく。

「よかったら、碧も一緒に飲まないか?」

「えっ」

「一杯だけでもかまわないから」

碧は目をぱちくりとさせた。父から誘われるなんてはじめてではないだろうか?

自分は残念ながら、父のようにお酒に強い体質ではない。かといって下戸《げこ》というわけでもなく、つき合い程度でビールやチューハイを飲むことはある。けれど自宅ではほとんど口にせず、父もそれを知っているから、いつもひとりで晩酌していたのだ。

「……じゃあ、少しだけ」

普段と同じ晩酌だけれど、その相手にふさわしい大人として認められたような気分だ。碧が承諾すると、父は新しいグラスにビールをそそいだ。向かい合って席につき、お互いのグラスを触れ合わせた瞬間、カチンと涼しげな音が鳴る。

「卒業おめでとう。碧も来週から社会人か」

「はやいよねー。ついこのまえ入学したばかりだと思ったのに」

「本当はケーキでも買って帰りたかったんだけど、時間が時間だから店がやっていなくてね。今日のところは焼き鳥で勘弁してもらえるかな」

「お土産を買ってきてくれただけで嬉しいよ。焼き鳥で大満足」

碧の返事に、父はほっとしたように口元をゆるませた。ビアグラスに口をつけ、クリーミーな泡ごと、ビールを喉《のど》に流しこむ。碧も焼き鳥の串に手を伸ばし、炭火でじっくり炙《あぶ》られ、ほどよく焦《こ》げ目がついた鶏皮《とりかわ》の味を楽しんだ。濃厚なタレがたっぷり塗られた焼き鳥には、苦みがあって喉越しはじけるビールがよく合う。

（もしかして、お父さんなりに卒業祝いをしようとしてくれているのかな）

テーブルには、手の込んだ宴会料理が並んでいるわけではない。それでも碧にとっては焼き鳥も炒飯も立派なご馳走。そこに笑顔の父がいてくれるのだから、じゅうぶん贅沢《ぜいたく》だし、幸福なひとときだ。

「この炒飯、ご飯がすごくぱらっとしているね。プロみたいだ」

「小料理屋さんに勧めてもう四年だもん。これは雪村《ゆきむら》さんからコツを教わったんだよ」

得意げに言うと、父は「大ちゃんか」と意味ありげにつぶやいた。

「そういえば、常連さんの誰かが言っていたな」

「何を？」

「碧が大ちゃんと一緒になって、『ゆきうさぎ』の女将《おかみ》になるのはいつなのかって」

思いもよらない衝撃発言に、碧は飲んでいたビールを噴き出しそうになった。そんな娘の反応をおもしろがっているのか、父はおだやかな笑みを崩さない。

顔が一気に熱くなった。これはアルコールの作用なのか、それとも別の要因か。

「な、な、なにそれ。一緒になるもあれだけど、女将だなんて恐れ多い」

「そうなることを期待していた人も、常連さんの中には少なからずいるみたいだよ。僕に直接訊《き》かれたときは、碧はずっと教員をめざしていたし、就職も決まったから女将にはならないんですよって答えているけど」

「……………」

「ある意味、光栄なことだと思うよ。長く通っている常連さんたちに、碧なら新しい女将になってもいいと認められたわけだからね」

碧が就職し、「ゆきうさぎ」を卒業することを知った人々は、祝福すると同時に残念そうにも見えたという。そこまで惜しんでもらえるとは、父が言う通りとても光栄なことだし、ずっと働き続けた自分が誇らしく思える。

「僕があの店に通いはじめてから、十五年近くになるんだけど」

炒飯を平らげ、スプーンを置いた父が、眼鏡の奥の目を細める。

「『ゆきうさぎ』で働く人っていうのは、先代の女将さんと大ちゃんをのぞけば、バイトかパートの人ばかりだろう？　僕が知る限り、これまで正規で雇われたのは零一《れいいち》さんひとりだけだ。ほかは学生や主婦が多いから、長く勤める人は少ない」

「たしかに……」

「もちろん中には五年以上働いたって人も、何人かはいたけど。常連さんたちから女将になってほしいとまで言われたのは、碧だけだよ。胸を張るといい」

優しく響くその声に、碧の目頭《めがしら》が熱くなる。力強い父の言葉は、自信という名の強固な盾となり、これから社会に出て行く自分の大きな支えになってくれるだろう。

「最後のバイトはいつだっけ？」

「四日後だよ。三月三十日」

「そうか。それで四月からは新しい職場……」

碧が就職を決めたのは、隣の市にある中高一貫の女子校だ。来月になれば、自分はあの学校の教壇に立ち、数学教師として働いているはず。職場に同僚、そして自分が担当することになる生徒たち。すべての関係が一からのスタートだ。

もちろん緊張しているし、うまくできるのかという不安もある。

しかし、恐れてばかりでは何もはじまらないのだ。怖がるあまり萎縮《いしゅく》してしまうなんてつまらないし、もったいない。こういうときはむしろ、期待に胸を躍《おど》らせ、状況を楽しむくらいの気概《きがい》がなければ。

「……実を言えば、碧は卒業したらうちを出るんじゃないかって思っていたんだ」

ビアグラスに二杯目のビールをそそぎながら、父がふたたび口を開く。

「職場がある場所によっては、引っ越す必要があっただろう？　ひとり暮らしにあこがれもあるだろうし、彼氏もいるならなおさら、父親と同居なんてわずらわしいはず」

「え、そんなことないよ。逆にお父さんひとりじゃ心配だもん」

間髪を容れずに否定すると、父は軽く目を見開いた。少しだけ口の端を上げる。

「まあそういうことも考えて、碧がいつ出て行っても困らないように準備をしていたんだよ。家事を覚えたり、マンションの売却先を探してみたり」

「売却？　うちを……!?」

まさか父がそんなことを考えているとは思わず、碧は驚きを隠せない。

「僕がひとりで住むには、この家はちょっと広すぎてね」

玉木家がこのマンションに引っ越してきたのは、碧が小学校に上がるときだった。

ファミリー向けの3LDKで、住人も家族で住んでいる人がほとんどだ。あのときは新築だったマンションも、いまでは築十五年。子どもたちは成長して大人になり、進学や就職、結婚などの理由で巣立っていった人も多い。

子どもが親元を離れても、伴侶《はんりょ》がいるならまだいい。しかし碧の母はすでに他界し、娘が出て行けば父はひとりになってしまう。持病はなく元気だし、定年退職も十年以上先だけれど、老後の生活を考えればこの家はたしかに広すぎる。

「売却まではいかずとも、僕は手ごろなアパートに移って賃貸に出すとか。いつかはそんな日が来るのかなって思うと、なんだか不思議な気分になったよ」

「お父さん……」

毎日が同じようなことの繰り返し。それを退屈だと嘆く人もいるけれど、生きている限り、必ず変化はおとずれる。何も起こらない平凡な日々は、ある意味とても贅沢で、その均衡が崩れたとき、人は「日常」というものの尊さを思い知るのだ。

(わたしもいつかは、お父さんのもとを離れるときが来るのかもしれない)

それがどんな形になるのかは、まだわからない。母との唐突な別れを経験してから、いつもの日常がいかに幸せなことかを痛感した。永遠に続くものではないからこそ、こうして父と過ごす何気ない日々を大事にしたい。

「……お父さん、これからもちょくちょく、こうやって一緒に飲もうね」

「うん。今度は大ちゃんと三人でもいいなぁ」

酔っているのか、父が普段よりも陽気に言う。ふんわりとした幸せに包まれながら、親子水入らずの夜が過ぎていった。


三日後。最後のバイトを翌日に控えた碧は、駅ビルの商業施設に足を運んだ。

地下一階にある和菓子店「くろおや」に入ると、ショーケースの向こう側で店番をしていた青年が顔を上げる。

「あ、タマさん。いらっしゃいませー」

「慎二《しんじ》くん、今日はおうちのお手伝いなんだ」

「暇なら働けーって呼び出されたんですよ。春休みだし。バイト代は出ますけどね」

店主である父親と同じ作務衣《さむえ》を着た慎二は、やれやれと肩をすくめる。

碧よりもふたつ年下の彼は、「ゆきうさぎ」で働くバイト仲間だ。四月から大学三年生になり、いまは実家を出てひとり暮らしをしている。本人は碧と同じく、卒業するまでバイトを続けるつもりのようだ。

『何個かかけもちしてたんですけど、四月からは「ゆきうさぎ」一本に絞ります。だから新しい人を募集することはないんじゃないかな』

慎二は『夜のスタッフ、男ばっかりでむさ苦しくなりますよ』と苦笑していたが、経験豊富な彼がメインで入ってくれるなら安心だ。ランチタイムはパート勤務の女性がいるから、当面は新人を入れずにそのメンバーでやっていくのだろう。

「新作の練り切り、おすすめですよ。春っぽくて」

「わぁ、可愛いね！　でも今日は贈答用のお菓子がほしいんだ」

「箱入りの？」

「うん。明日、最後のバイトだから。お世話になったお礼というか、みんなで食べてもらえるようなお菓子。もちろん慎二くんも含めてね」

「そうか。タマさん明日でラストなんだ……。なんかこう、胸がきゅっとしますね」

さびしげに言った慎二は、親身になってお菓子のアドバイスをしてくれた。

いくつかすすめられた中から、碧は個包装された小分けタイプの和風バウムクーヘンを選んだ。地鶏の新鮮な生みたて卵と和三盆《わさんぼん》が贅沢に使われており、抹茶《まっちゃ》やきな粉、桜などで風味づけがされている。慎二からもらった試食品は、しっとりとした生地の舌ざわりがよく、上品な甘さと絶妙にマッチしていた。

碧が代金を支払うと、慎二はバウムクーヘンが入った化粧箱をてきぱきと包装する。子どものころに親からひと通りのやり方を仕込まれたそうで、その手つきには一切の無駄がなかった。仕上がりも美しく、包装紙のたるみやシワもない。

「はい、お待たせしましたー」

くろおやのロゴが入った紙袋を受けとった碧は、お礼を言って店をあとにする。

エスカレーターで一階に上がり、出入り口に向かおうとしたときだった。視線がひとりの人物をとらえ、碧ははっと息をのんだ。

そこはあちこちでよく見かける、チェーン展開の眼鏡屋だ。通路に面した陳列台の前にはひとりの男性が立っている。メンズ用のフレームを手にとって、真剣な表情で機能性をたしかめていたのは――

「都築さん！」

碧の呼びかけに、彼はぎょっとしたように肩を震わせた。こちらを見るなり、手にしていた眼鏡をとり落としそうになる。普段は沈着冷静な人の反応とは思えないようなうろたえぶりに、迂闊《うかつ》に声をかけたことを後悔したが後の祭り。

「あの……ええと。お、お久しぶりです」

「……」

「その、お元気でしたか?」

「まあ……それなりに」

一瞬で気まずい雰囲気になってしまった。お互いにどう接したらいいのかわからず、会話もぎこちない。都築の視線は定まらず、あちこちをふらふらしている。それでも碧のほうを見ることだけはなかった。

(どうしよう……)

困惑していると、都築の口元が動いた。

「碧さんは……」

我に返ったように言葉を切った都築が、しっかりとした口調で言い直す。

「玉木さんは買い物ですか?」

呼びかけが変わったのは、彼が碧に対して心理的に距離を置いたから。しかしこちらの存在が不快だったり、視界に入れるのすら嫌がったりするような気配はなく、ただ不意打ちの再会に驚いて戸惑っているだけにも見えた。

「くろおやでお菓子を買ってきたんです。ほらこれ、新作の和風バウムクーヘン。都築さんはもう召し上がりましたか?」

「いえ……」

碧がかかげた袋に、都築はちらりと視線を向けた。会話が続かず、沈黙が流れる。どうしようかと困っていると、都築は持っていた眼鏡のフレームを台に戻した。

「気に入るものが見つからなかったので、失礼します」

会釈をした都築は、すっと碧の横を通り過ぎた。遠ざかっていく背中に話しかける。

「あの！　わたし、明日でバイトが最後なんです」

相手が歩みを止めた、だがふり返ろうとはしない。

「だから、その……」

それ以上言葉が続かず、碧は押し黙った。最後だからなんだというのだろう。自分には大事なことでも、彼にとってはどうでもいいことなのかもしれないのに。

やがて、都築がゆっくりと歩き出す。

碧はもう何も言えずに、ただ見送ることしかできなかった。


そして翌、三月三十日。ついにこの日がやって来た。

(今日で最後、か……)

洗面所の鏡に映し出された自分の顔は、なんだかいまにも泣きそうになっている。

気持ちを引き締めたくて、碧は冷たい水で豪快に顔を洗った。さらに両手で頬《ほお》をパンと叩き、気合いを入れる。そこまでしてようやく、表情がしっかりしてきた。

午前中は勤務先の学校に用があったため、支度をして出かけた。用事を終えるころにはお昼になっており、裏通りで見つけた昔ながらの定食屋で昼食をとる。

「ご注文は？」

「ええと、カツ丼大盛りをひとつ。あとカレーうどん大盛りもお願いします！」

力をつけるためにも、腹ごしらえは万全にしておかなければ。できたての料理が運ばれると、碧はさっそく食事にとりかかった。大きなどんぶりに盛られたロースカツ丼と、風味豊かな出汁《だし》を利かせた自家製カレーうどんをもりもり平らげていく様子を、店主と女将が目を丸くして見守る。

「あの子、本当においしそうに食べるなあ」

「痩《や》せの大食いとはよく言うけど、実際にいるものなのねー」

この日の出会いをきっかけに、碧は勤務先の近くにあるこの定食屋に通いはじめ、職員室への出前も頼むようになる。そしていつしか、店主たちから親しみをこめて「もりもり先生」と呼ばれるようになるのだが、それはまた別の話だ。

「ありがとうございました。また来てねー」

食事を終えて店を出た碧は、大いに満足して自宅に帰った。

「は――……。あのお店のご飯、ほんとにおいしかった」

お茶を飲んでひと息つき、時計を見る。出勤は十七時で、まだまだ時間があった。

(ちょっとはやく行ってもいいかな。雪村さんとも話したいし)

どうにもそわそわして落ち着かなかったので、碧は十六時になる少し前、お菓子の袋を持って家を出た。自転車ではなく徒歩で「ゆきうさぎ」に向かう。

(ありゃ、閉まってる。母屋《おもや》のほうかな?)

準備中の札が下がった格子戸《こうし》には鍵がかけられていた。大樹が中にいるときは開いているから、こちらにはいないのだろう。

裏に回ると、呼び鈴を鳴らす前に大樹を見つけた。庭に出ていた彼は、武蔵《むさし》と虎次郎《こじろう》にエサをあげていたのだ。庭には巻きとり式のホースリールが置かれ、草木も濡れていたから、その前に水をまいていたようだ。

「雪村さーん!」

大樹が顔を上げ、こちらを見た。視線が合うと、嬉しそうに目尻を下げる。

本人はあまり自覚がないだろうけれど、つき合う前とそのあとでは、碧に向けてくるまなざしが明らかに違った。優しいことに変わりはないが、いまはその中にほのかな熱と甘さがにじみ、見ているだけで幸せな気分になれるのだ。

「タマ、もう来たのか。バイトは五時からだろ」

「そうなんですけど、今日は家にいても落ち着かなくて。入ってもいいですか?」

「ああ、どうぞ」

「お邪魔しまーす」

碧は門を開けて庭に入った。大樹と一緒に縁側から家に上がると、彼は手を洗ってくると言い、居間を出る。やがて戻ってきた大樹は、急須と湯呑《ゆの》みを載せたお盆を持ち、小脇には一冊のアルバムをかかえていた。

「ほうじ茶でいいか?」

「はい。あ、これはお菓子です。今日が最後なので、お店のみなさんに」

紙袋から出した箱を渡すと、大樹は店主の顔で受けとってくれた。きっとこれまで退職していった人たちからも、同じ趣旨の品をもらったことがあるのだろう。そして巣立っていく幾人ものスタッフを見送ったのだ。

「ところで雪村さん、そのアルバムはもしや」

「――名前」

「え?」

「ふたりでいるときは下の名前で呼び合おうって、このまえ約束したよな?」

にっこり笑う顔は優しげなのに、なぜか見えない圧を感じる……。

あらためて呼び直すのは恥ずかしかったが、それでも期待には応えたい。うつむいた碧はもじもじしながら口を開いた。

「だ、大樹さん。そのアルバムは猫ちゃんのですよね」

「そうだよ。さっき碧が言っただろ。写真があれば見たいって」

さらりと名を呼ばれ、鼓動が一気に跳ね上がる。友人にこの話をしたときは、『つき合いたての中学生か!』と笑われ、『ピュアだねぇ』と可愛がられもした。

大樹から本名を呼ばれるのは、こそばゆくも嬉しい。一方で、彼が何気なくつけてくれた「タマ」というあだ名にも愛着がある。それを伝えると、大樹は『だったら半々で使い分ける』と言ったのだ。いつどちらの名で呼ぶのかは、本人の気分らしい。

(バイトは終わりになるけど……)

大樹とはこれからも会えるし、この家にも好きなときに遊びに来られる。そう思うと、胸の痛みが少しやわらいだような気がした。

「このアルバム、けっこう昔のものですよね」

「もう三十年近く前になるかな。祖父母が猫を飼いはじめたばかりのころだよ」

碧は座卓の上に置いてあったアルバムを、そっと開いた。最初のページに写っていたのは、愛らしい二匹の仔猫たち。白黒のハチ割れに、縞《しま》模様が入ったトラ猫は、なるほどたしかに武蔵と虎次郎に通じるものを感じる。

「名前はなんていうんですか？」

「見たままだよ。ハチとシマ。同じ親から生まれた兄弟で、どっちも十四、五歳くらいまで生きたかな。うちで動物を飼ったのは、それが最初で最後だよ」

きっとそれだけ愛情をかけて世話をしていたのだろう。台紙には二匹を抱いた大樹の祖父母の写真も貼られており、どちらも幸せそうな顔で写っている。写真を通してあたたかな雰囲気が伝わってきて、自然と微笑んでしまう。

「いいなあ。わたしも猫が飼いたいんですけど、うちのマンションはペット禁止で」

「猫ならもういるだろ。うちの庭に」

「ふふ、たしかに。武蔵が撫《な》でることを許してくれたら言うことなしです」

大樹が淹《い》れてくれたほうじ茶を飲みながら、ふたりで寄り添いアルバムをめくり、過去の話に花を咲かせる。満ち足りたひとときを過ごしているうちに、気づけば仕込みをはじめる時間になっていた。アルバムを閉じた碧と大樹は、休憩室として使っている小部屋を通り、店舗の厨房《ちゆうぼう》に足を踏み入れる。

設備がととのった厨房は、はるか昔のはじまりの日には新品で、傷ひとつなく輝いていたことだろう。三十年近くが経過したいまは、電化製品も調理器具もほとんどが買い替えられ、当時の面影はさほど残っていないのかもしれない。調理台にも年季が入り、無数の細かい傷がついている。

それでも不思議と美しく、そして愛《いと》おしく思えるのは、この場所で心のこもった料理がつくり続けられていたからだ。先代女将、そして大樹の料理に対する情熱と愛情が、この厨房に命を吹きこんでいるに違いない。

この場所に立っていると、おいしいご飯で満腹になり、力がみなぎったときと同じような生命力があふれてくるのだ。それは気のせいなどではないと信じている。

「よし、やるか」

「はい！」

今日は零一が休みなので、大樹とふたりだ。エプロンをつけた碧は、さっそく仕込みにとりかかった。お品書きを確認しながら、大樹がきびきびと指示を出す。

「今日のお通しは、さつま揚げの明太マヨネーズ和《あ》え。さつま揚げはつくり置きを冷蔵庫で自然解凍してるから、それを使ってくれ。あとは牡蠣《かき》入り茶碗《ちゃわん》蒸しの仕込みと、塩麹《しおこうじ》風味のから揚げの下味もつけておいてもらえると助かる」

「了解しました！」

碧は業務用の冷蔵庫の扉を開け、フリーズパックされたさつま揚げをとり出した。

これは市販品ではなく、大樹が一から手づくりしている。主におでんなどの煮物や炒め物の具材として使うのだが、碧は揚げたてが特に好きだ。熱々でさっくりした食感が最高だし、噛《か》み締めたときににじわりとにじみ出る油の味もクセになる。

事前に大樹が冷凍庫から移し、解凍させていたさつま揚げ。碧はこれを適当な大きさに切り分けてから、トースターで焼き色をつけた。そして明太子とマヨネーズ、少量の醤《しょう》油《ゆ》を加えて混ぜ合わせ、お通し用の小皿に盛って完成だ。

「これでよし、と。さて次は……」

大樹から指示された料理は、どれも碧がつくり慣れているものばかり。

茶碗蒸しに入れる牡蠣は、ピューレ状にすることでなめらかさを出し、卵液と溶け合わせた。老若男女に人気が高いから揚げは、素材の旨味《うまみ》を引き出してくれる塩麹に、生姜《しょうが》やニンニクなどの香味野菜を加えた特製のタレを漬けこみ、肉に下味をつける。

碧がせっせと下ごしらえをしている間に、大樹も定番料理の仕込みを行っていた。

肉じゃがに筑前煮《ちくぜんに》、そして秘伝のポテトサラダ。今日は隠しメニューである豚《ぶた》の角煮も用意しており、昨夜のうちに時間をかけて煮込んでいたそうだ。

「彰三《しょうぞう》さんがさ、今夜は絶対に行くからつくっておいてくれって」

「大好物ですものね。でも、いつもより量が多くありません？　倍はあるような」

鍋の中には、つややかな脂身《あぶらみ》が食欲をそそる角煮が大量に入っている。少し前までは甘みの強い冬大根と一緒に煮ていたのだが、いまは煮卵に替わっていた。旬の食材を大事にするのも、「ゆきうさぎ」の特徴だ。

大樹は完成した角煮を大皿に移しながら、ふっと微笑む。

「そりゃ、今夜は混むのが確定してるからな。看板娘の巣立ちの日だし」

「――――」

「バイトを辞めても碧はお客として来店するから、別に今生《こんじょう》の別れってわけでもない。でも彰三さんたち常連は、『ゆきうさぎで働くタマちゃん』に会いたいんだろうな。そういう意味では今日が最後なんだから、にぎわうと思うぞ」

「そう……でしょうか」

「自分がどれだけあの人たちに可愛がられたか、知らないとは言わせない。感謝の気持ちを伝えたいなら、いつも通りに接客して、変わらない笑顔を見せてあげてくれ。それだけでじゅうぶん伝わるはずだ」

「……はい」

こくりとうなずいた碧は、大樹の言葉を心に深く刻みこんだ。

大樹が外に暖簾《のれん》をかかげ、十八時を迎えたとたん、待っていましたとばかりに格子戸が開いた。開店前から集まっていた、何人ものお客がどっと入ってくる。

「いらっしゃいませ！」

「よう、嬢ちゃん！　今夜はみんなで楽しくやろうや」

一番乗りであらわれた彰三が、碧に向けて片手を上げる。

派手な色柄の長袖シャツに健康サンダル、本人なりのお洒落《しゃれ》のつもりなのか、夏でもないのにカンカン帽で決めた常連のヌシは、あいかわらず存在自体が強烈だ。今日は背後にほかのお客を引き連れているため、親分感が増している。

「こんばんは、タマちゃん」

「今日が最後なんだって？　さびしくなるよ」

「お嬢ちゃんが辞めたら潤《うるお》いがなくなる！　来月からは夜の人員が野郎ばっかりになっちまうよ。スズちゃんは昼間しかいないし、せつないねえ」

「おーい！　長老さんたち、まずは席についてくれ。あとが詰まってるんだよ」

先陣を切って入店したのは、彰三を含めて先代女将の時代から通い続けている、古株の常連ばかり。長老衆が席につくと、今度は背後で待っていた彼らの子分……もとい中高年の常連たちが入店する。

店内はさほどの間を置かずに満席となり、注文の声が飛び交った。やがてあちこちで乾杯の音頭《おんど》がとられ、グラスが触れ合う音が響き渡る。陽気な笑い声がはじけ、宴会のように活気にあふれた時間が続いた。

今夜に限れば、この場の主役は間違いなく碧だった。常連たちはことあるごとに碧を呼び、気さくに話しかけてきた。彼らはみな、碧の卒業と就職を祝い、同時に退職を惜しんでくれる。碧は笑顔を絶やさずに、ひとりひとりの前で感謝の言葉を述べた。

「タマちゃんは先生になるんだねえ。大ちゃんと一緒に店をやるのかと思ったよ」

「すみません。わたし、ずっと教員になりたかったので」

「いやいや、私が勝手に勘違いしただけだからね。それで、式はいつだい？」

「えっ⁉　いえその、それは……」

にぎやかな時間はあっという間に過ぎていく。彰三たちが引き揚げ、二十二時になるころには、お客は片手で数えられるほど減っていた。この時間ならではの、静かで落ち着いた空気が店内を満たし、碧と大樹がひと息つけるような余裕が戻る。

「なんだか年末の忘年会みたいな感じでしたね」

「ああ。忙しくて目が回りそうだったけど、あれはあれで楽しかったよ」

カウンターの内側で、碧は大樹と並んでグラスを磨く。少し休んでもいいと言われたけれど、いまは従業員として、一分でも長くこの場所に立っていたかった。

(閉店まで一時間を切った……)

もうすぐ営業が終わってしまうのが悲しくて、思わず下唇を嚙んだときだった。

格子戸が引かれ、ひんやりとした外気が流れこむ。白い暖簾をくぐり、中に入ってきた人物の顔を見たとたん、碧はカウンターの外に飛び出した。

「……こんばんは」

薄手のコートをはおった都築が、銀縁眼鏡のブリッジを押し上げた。


――驚かれている……。それも、かなり。

店主や碧だけではなく、ほかの客からも注目されてしまい、居たたまれなくなった都築はうつむいた。せめてもの意地で人差し指を動かし、眼鏡の位置を直すふりをする。どうか気づかれませんように。

できることならいますぐ回れ右をして、この場を去りたい。そんな気持ちをおさえながら、都築はふたたび口を開いた。

「カウンター席、いいですか？」

「も、もちろんです！　お好きな席にどうぞ」

ここまで来て無様に引き返すなど、格好が悪すぎる。この際、腹をくくろう。

顔を上げると、我に返った碧がすっ飛んできた。コートを脱いで手渡すと、彼女は生地にしわが寄らないよう注意しながらハンガーにかける。

「あの、お荷物は」

「大丈夫です。椅子《いす》に置きますので」

都築は平静を装いつつ、カウンター席に近づいた。ほかのお客は誰もいない。

手近な椅子を引いた都築は、予備校の授業で使う教材が入ったビジネスバッグと、高さ三〇センチ弱の紙袋を座面に置いた。自分は隣の椅子に腰を下ろす。

喉元が少し苦しかったので、ネクタイの結び目をゆるめる。締めつけが弱まり、ほっと安堵《あんど》の息をついた。一日の仕事から解放された瞬間だ。

落ち着いたところを見計らい、店主があたたかいおしぼりとお茶を出してくれた。

「来週から四月ですけど、夜はまだ冷えますね」

「ええ」

「ご来店は久しぶりですよね。お元気でしたか？」

「体調は普通です」

都築の返事はそっけなかったが、店主はそれしきのことで態度を変えるような人物ではない。名は体をあらわすと言うけれど、まさに大樹《たいじゅ》のごとくどっしりと構えた彼は、束の間の休息を求めて集う人々の宿り木になっている。

おしぼりを手にとると、冷え切った指先がじわりと熱を帯びた。そのぬくもりに安心感を覚えながら、都築はそっと店主の顔を盗み見る。一方的にライバル視をしていたが、実は同じ土俵に立つことすらできずに敗北していた恋敵《こいがたき》――

「こちらが今週のお品書きです。今夜は売り切れが多くて、お出しできる料理が限られているんですけど……。食材があればメニューにない料理もつくれますので、気軽にお声がけくださいね」

「わかりました」

温厚で誠実。そしてすぐれた観察眼の持ち主でもある店主は、複雑かつ繊細な人間の心の機微を読みとるのが上手《うま》いと思う。相手を不快にさせないよう気を配り、適切な距離感を保って寄り添うことが、ごく自然にできるのだ。

（自分にはとてもできないな……）

かすかな自嘲《じちょう》の笑みを浮かべながら、都築はうさぎ柄の湯呑みに口をつけた。淹れたての熱いほうじ茶が、講義で渇いた喉を潤してくれる。

そんな様子を見つめていた店主が、ふいに眉を寄せた。

「都築さん。失礼ですがここ最近、食事をあまりとられていないのでは？」

「え……」

「顔の血色がよくありません。疲労の色も感じられるし、目の下にはうっすらですがクマが出ていますね。栄養が足りていない証拠です。睡眠時間も削っていませんか？」

（お見通しなのか。まいったな……）

なんだかバツが悪くなり、何もない宙に視線をさまよわせる。

碧に告白して玉砕したのち、都築は上司に頼んで仕事の量を増やしてもらい、猛然と片づけていった。あのとき、碧には虚勢を張って格好つけたことも言ったが、あっさり立ち直れる程度の気持ちだったら、はじめから好きになどなっていない。

告白に応えてもらえなかったことは、覚悟の上でもつらかった。けれど新しい道に進むためには、彼女との間につけた決着を受け入れることからはじまるのだ。頭では理解していても、感情が納得してくれない。自分には時間が必要だった。

考えすぎて袋小路にはまりこむのを避けるため、頭の中を別の案件で埋め尽くしてしまうことにした。脇目もふらずに仕事に没頭し、その間は余計なことを考えずにすんだのだが、負担は少しずつ体に蓄積されていく。食事や睡眠もおろそかにしていたから、いまはなんともなくても、近いうちに体調を崩してしまう可能性が高かった。

「いまからでも遅くありません。オーバーワークはやめて栄養をとりましょう」

「はあ……。でもこのところ、あまり空腹を感じないのですが」

「だからといって放っておいたら、気力も削がれていきますよ。体力がなければ気力も湧いてきません。とりあえず、今夜は俺にまかせてもらえませんか？」

どうやら自分のために、店主が腕をふるってくれるらしい。彼がつくる料理には全幅《ぜんぷく》の信頼を置いていたので、「お願いします」と答える。

「タマもちょっと手伝ってくれ」

「もちろんですとも！」

腕まくりをした碧が、やる気満々でカウンターの内側に入っていく。

店主の隣に立ち、ふたりで協力しながら料理をする姿は、ピースがはまったパズルのように美しく調和していた。お互いがそばにいるのがあたりまえで、誰も割りこむことなどできない世界。そんな空気が流れている。

——ああ、やっぱりかなわないな。

都築の表情に苦笑が浮かんだ。強固な絆《きずな》を見せつけられたというのに、なぜかそれほどつらくない。自然と受け入れてしまうのは、ふたりが幸せそうにしているからか。日だまりのようなあの空気を壊したくないと、そう思う自分がいる。

「お待たせしました。熱いですからご注意を」

しばらく待っていると、大樹がカウンターの上に器《うつわ》を置いた。

「出汁をそそいだお茶漬けです。牛すじ肉が残っていたので使いました。散らしてある緑の葉っぱは三つ葉ですね」

白い湯気が立ちのぼるお茶漬けには、温泉卵が割り入れてあった。卵は都築が特に好む食材だ。ふんわりと香る上品な出汁の匂いが嗅覚を刺激する。

ごくりと唾《つば》をのんだ都築は、気がついたときには箸《はし》を持っていた。器を手にとる。

「いただきます」

まずは一口、出汁をすする。使われているのは鰹《かつお》か昆布《こんぶ》か、もしくはその両方か。濃厚な風味が凝縮された出汁の中に、牛すじ肉の旨味がみごとに溶け合っている。三つ葉の香りが気分をすっきりとさせ、温泉卵の黄身を崩すと、また違った味わいを楽しめた。

「おいしい……。体があたたまります」

「血のめぐりをよくすることも大事ですよ。都築さんさえよければ、これからもぜひ、食べにいらしてください」

「そう、ですね。……うん。やっぱり『ゆきうさぎ』は最高だ」

やがてお茶漬けを完食した都築は、晴れ晴れとした表情で箸を置いた。決意をこめて立ち上がり、「碧さん」と声をかける。

「いまはあえてそう呼ばせてください。このまえは、自分が伝えたことで余計な重荷を背負わせてしまって申しわけなかった」

「いえそんな。都築さんがあやまるようなことじゃないですよ」

「あなたは優しい人だから、断ったことを気に病んだんじゃないですか？　そのことにあとになって気づいて……。情けない話ですが、合わせる顔がなくて『ゆきうさぎ』からも自然と足が遠のいてしまったんです」

そんなとき、都築は偶然、駅ビルで碧と再会した。内心では激しく動揺し、どう対処すればいいのか困っていると、彼女が話しかけてきたのだ。

『わたし、明日でバイトが最後なんです』

その日を教えてくれたのは、来店してもいいということなのか。面と向かって問いかける勇気はなく、そのまま帰ってしまったけれど。

恩師の娘であり、数年ぶりに「誰かを好きになる」という気持ちを思い出させてくれた人。「ゆきうさぎ」から巣立って大きな翼を広げるのなら、自分はそれを祝福したい。

都築は隣の椅子に手を伸ばした。紙袋の中からとり出したのは――

「これは自分からのお祝いです。卒業おめでとう」

差し出されたミニブーケを、碧は目を丸くして見つめている。

花屋から聞いた話では、バレンタインやホワイトデーのお菓子と同じように、贈り物の花にも意味のあるメッセージをこめることができるそうだ。

アドバイスを受けた都築が選んだ花は、スイートピー。代表的な花言葉は「門出」と「別離」。そして「優しい思い出」だ。恋愛感情がこもったマカロンは受けとってもらえなかったけれど、門出を祝う気持ちをこめたこれだけは。

都築はちらりと大樹に目をやり、拗《す》ねたような声音《こわね》で言った。

「最後なんですから、これくらいの花は持たせてくれてもいいでしょう?」

少しの間を置き、碧が動いた。ミニブーケをそっと受けとる。

「ありがとうございます、都築さん。すごく嬉しい」

恋心は届かなかった。けれど、ありったけの真心が届いたのだから、もうじゅうぶん満足だ。これでようやく碧と目を合わせることができる。

その瞳の向こう側に、あらたな道が見えたような気がした。


三月三十日、二十三時。

最後のお客が帰っていくのを見送った碧は、しばらくその場に立ち尽くしていた。

「タマ」

大樹が呼んだのは本名ではなく、「ゆきうさぎ」とともにあるあだ名のほうだ。

「無事に終わったな」

「はい」

外に出た彼は、碧と並んで建物を見上げる。先代女将が大きな夢をかなえてから、ずっとこの地でおいしい食事を提供し続けてきた小料理屋。四年という年月は、お店に刻みこまれた歴史から見れば、短い一時期に過ぎなかったのかもしれない。

それでも――

「長い間、一緒に働いてくれて感謝してる。本当にありがとう」

「次に暖簾をくぐるときは、常連のひとりですよ。楽しみにしていてくださいね」

ぎゅっとつながれたお互いの手は、「ゆきうさぎ」の料理のようにあたたかかった。

3　追憶する日

四月に入ると気温も上がり、ようやく本格的な春がやって来た。

桜は三月中に開花を迎え、満開も過ぎてしまったが、場所によってはまだお花見を楽しむことができそうだ。しかしこの桜も来週になれば散ってしまうのだろう。

儚《はかな》くも美しく、散りゆくときは潔《いさぎよ》く。それは桜なりの美学なのかもしれない。

「……ということをね、考えていたんですよ。電車に乗りながら」

「ふーん。それはともかく、何を注文するのかさっさと教えてくれないかな」

時間稼ぎの世間話をあっさりかわされ、三ヶ田菜穂《みかたなほ》は「うっ」とうめいた。

輝くばかりに磨きこまれた、透明度の高いショーケース。その向こう側に立っているのは、白いコックコートに身を包んだ長身の青年だ。

「ミケさんはケーキを買いに来たんだろ。ああ、それともほかに目的があるとか？」

「うぐぐ……」

「もしそうなら、はっきり言ってくれないとわからないなぁ」

――なんてしらじらしいのだろう。何もかも気づいているくせに。

にやりと笑ったその顔が小憎らしくて、菜穂は思わず相手をねめつけた。

アッシュブラウンの髪は定期的にカラーリングしているため、ずぼらな自分のように根元がプリンになることなどありえない。短髪はあまり好きではないらしく、前髪や襟《えり》足はやや長め。いまは衛生上、前髪を上げて後ろもきちんと束ねている。アクセサリーや小物にもこだわりを持つ人だが、仕事中はすべてはずしていた。

いでたちはシンプルなのに、顔立ちがととのっているおかげで、そこに立っているだけで華がある。それぞれのパーツが絶妙なバランスで配置されており、おまけに小顔で手足も長い。美形の遺伝子は母親から受け継いでいるようで、妹もかなりの美人だ。

少女漫画のヒーローかと突っこみたくなりそうな造形の相手を、渾身《こんしん》の眼力でにらみつけてはみたものの、本人は眉ひとつ動かさない。

「蓮《れん》さんの意地悪」

「そうかな?　ミケさんも楽しそうだけど。いまの顔、鏡で見てみたら?」

打てば響くように返されて、菜穂はふたたび「うぐぐ」とうめいた。自分の口元が隠しようもなくにやけていることは、鏡を確認しなくてもわかっている。

（ええそうですよ。それはもう、めちゃくちゃ楽しんでいますとも！）

心の中では認めたものの、悔しかったので口には出さない。

ケーキを買いに来たというのは口実だ。自分はただ、蓮に会いたかっただけ。

小料理屋「ゆきうさぎ」で働いていた菜穂が、桜屋《さくらや》洋菓子店の長男である蓮と出会ったのは、三年半ほど前になる。同い年の彼とはしばらくは友人関係が続いていたが、ふとしたきっかけで交際がスタートし、半年ほどが過ぎたところだ。

今年で二十八歳になる菜穂に「彼氏」と呼べる相手ができたのは、二年ぶりのこと。いくつになっても、つき合いはじめのころというのは、何もかもが新鮮で刺激的に感じることばかり。これが一年、二年とたてば熱に浮かされたような気分も消えて落ち着くのだが、いまは久々に味わう高揚感を楽しみたかった。

三月は仕事の休みが合わず、蓮とは一度も会うことができなかった。電話やメッセージのやりとりはしていたが、やはり実際に顔を見て話がしたい。

だから今日、勤めている書店の公休日を利用して、蓮が働く南青山《みなみあおやま》のパティスリー「ブランピュール」に足を伸ばした。しかしパティシエの蓮は普段、裏のキッチンで作業をしている。接客もしてはいるものの、頻度は少なかった。

顔を見たいのは山々だが、忙しい相手を私用で呼び出し、仕事の邪魔はしたくない。

自分はあくまで、ケーキを買いに来たお客。蓮とは運がよければ会えるかも――そんな淡い期待を抱いて、菜穂はいそいそと店内に入った。

ドアを開けて売り場を見たときは、落胆した。ショーケースの内側で接客を担当していたのは、売り子と思《おぼ》しき女性スタッフがひとりだけ。併設されているティールームのほうに視線を向けても、恋人の姿はどこにもなかった。

がっかりはしたけれど、入店した以上、このまま帰るのは申しわけない。背後でドアが開き、新しいお客もやって来たようだ。せめてひとつは買おうと思い、ショーケースの前に立ったとき、後ろから肩をぽんと叩かれた。

『いらっしゃいませ。ご注文はお決まりですか?』

耳元でささやかれ、菜穂は息が止まるほど驚いた。聞き覚えのある声に反応してふり向くと、そこに笑顔の蓮が立っていたのだ。

本人曰《いわ》く、休憩中にコンビニから帰ってきたとき、菜穂が中に入っていくのを見たのだという。つまり外から中の様子をうかがっていた姿や、急に押しかけて迷惑ではないかと悩みながらも突入していく姿は、すべて見られていたというわけだ。

羞恥《しゅうち》に身もだえる菜穂を尻目に、蓮は売り子のスタッフに声をかけ、彼女の代わりに接客を買って出た。そして現在に至っている。

（な、何を買おう。できるだけカロリー控え目で……）

久しぶりにじゃれ合えたのは嬉《うれ》しかったが、あまり長居をするわけにもいかない。菜穂はショーケースに目を落とした。

明るい蛍光灯に照らし出されているのは、色あざやかなスイーツの数々。

ブランピュールのケーキは単価こそ高いが、そのぶん上質な材料を使い、芸術的な見た目にも定評がある。果物は契約農家でとれたものしか使わないし、小麦粉や乳製品、砂糖などの種類にもこだわっていると聞いた。

深みのある色合いが美しいチョコレート菓子は、どれも専属のショコラティエが手がけたもの。カカオバターの含有量が多い、最高品質のベルギー産クーベルチュールを使ったケーキは、香りがよく口溶けもなめらか。独特のサクサクとした食感がやみつきになるパイやタルトには、フランス産の発酵《はっこう》バターが入っているのだとか。

ふんわりとふくらんだシフォンケーキは、新鮮な卵と蜂蜜《はちみつ》がたっぷり溶けこみ、レモンの香りがさわやかだ。焼き目がついたベイクドタイプのチーズケーキは、ベーシックであるがゆえにファンも多く、定期的に食べたくなる魅力があった。

味や香りを知っているのは、何度か食したことがあるから。以前は月に一度、お給料をもらったときに購入して、ささやかな贅沢《ぜいたく》を楽しんでいた。

けれどいまは……。

「蓮さん、これをひとつください」

カップに入ったフルーツゼリーを指差すと、蓮はあからさまに不満そうな顔をした。

「それだけ?」

「前から言っているでしょう。ダイエット中なんです。夏までに五キロ減!」

鼻息荒く宣言するが、蓮は「別に痩《や》せなくてもいいのに」とつぶやいた。彼はよくても自分は嫌だ。ここ数年でおそろしく増えてしまった体重を、可能な限り落としたい。

菜穂の身長は一五〇センチだが、体重は五〇キロを軽く超えている。「ゆきうさぎ」で働いていたときは、店主の大樹《だいき》がつくってくれる賄《まかな》いに加え、市販のお菓子やケーキを好きなだけ食べていた。書店の契約社員になってからも甘いものはやめられず、慢性的な運動不足も祟《たた》り、さらに肥《こ》えていったのだ。

そして蓮とつき合うようになり、ようやく本気でダイエットを決意した。このまま太り続ければ、いつかは蓮の体重を超えてしまう。正確な体重は知らないけれど、見たところ細身なので、おそらく男性にしては軽いほうだろう。

(彼氏よりも重くなるのは避けたい!)

いまならまだ間に合うはず。女心は複雑なのだ。

（ああ、タマさんがうらやましい……）

脳裏《のうり》に浮かんだのは、タマこと玉木碧《たまきあおい》の姿。

自分よりも長く「ゆきうさぎ」で働いていた彼女は、この春大学を卒業し、教員として働きはじめた。身長は菜穂とあまり変わらないのに、碧は何年たっても細いまま。本人が言うには「燃費が悪い」そうで、食べても脂肪になりにくいらしい。

食べたぶんだけ肉がつく菜穂にとっては、夢のような体質だ。もちろん、それはそれで別の苦労や悩みがあるだろうとは思うけれど。

「もう一個くらい買ったら？　ほーら、新作の試食品だよー」

「ゆ……誘惑しても無駄です。私の決意はダイヤモンドよりもかたいんですからね」

「そのわりにはガン見してない？」

蓮が試食品を載せたお皿を差し出してくる。甘い香りに決意がゆらいだが、ここで陥落《かんらく》するわけにはいかない。菜穂は負けるものかとばかりに視線をそらした。

「ま、いじめるのはこれくらいにしておこう。可愛《かわい》い抵抗も見られたことだし」

やがて蓮がお皿を引っこめ、ショーケースの扉を開けた。何事もなかったかのようにフルーツゼリーをとり出し、小さなボックスを組み立てる。またしても翻弄《ほんろう》されてしまったが、可愛いというひとことで帳消しになるのだから、我ながらどうしようもない。

「――はい、お待たせ」

「ありがとうございます。ええと、いくらでしたっけ」

「いいよ。俺の奢《おご》り」

さらりと言った蓮は、ボックスを入れた袋を菜穂に渡した。気前がよい蓮は、自分が接客したときはいつも奢ってくれるのだ。払ってもらうばかりでは悪いと思い、こういうときは次のデートでお茶代を奢るなどして返している。

「ミケさん、近いうちにハイキングにでも行こうか？」

「ハイキング？」

「ダイエットがしたいんだろ。運動ならスポーツがいいんだろうけど、俺、激しく動くのは苦手だし」

蓮は仕事以外で体を動かすことを好まない。菜穂もまったく同じである。

彼の妹である星花《せいか》は真逆で、彼氏とフットサルだのサイクリングだのボルダリングだのと、日々アクティブに動き回っているそうだが、考えただけで疲れてしまう。蓮も自分も休日は家の中でまったり過ごすことこそ、至福の時間だと思っている。

つき合いはじめてからしばらくは、浮かれていたこともあり、デートのたびにあちこち出かけていた。最近は少し落ち着いて、お互いの家で過ごすことのほうが多い。

「高尾山《たかおさん》とかどうかなぁ。そんなに遠くないし、初心者にはちょうどよさそう」

「蓮さん……」

なんだかんだ言いつつも、蓮はこちらのことをきちんと考えてくれる。普段は好きなようにからかわれても、ふとした瞬間にそれが伝わってくるから、まあいいかと思ってしまうのだ。むしろあの意地悪があってこそという気もして――

(いやいやいや、私にそんな趣味はないから!)

否定するように首をふったとき、出入り口のドアが開く音が聞こえてきた。とりつけられた鈴が軽やかに鳴り響く。

ここは富裕層の有閑《ゆうかん》マダムに人気のお店で、蓮はそのルックスとスマートな立ち居振る舞いから、彼女たちのアイドル的存在になっている。いくつかの派閥に分かれたマダム軍団は、見た目は上品でありながら、得も知れぬ迫力に満ちあふれていた。

『なんというか、ナンバーワンホストのとり合いみたい』

『……まあ、接客も大事な仕事だから』

蓮は苦笑していたが、彼女たちの派閥争いが起こらないよう、うまく立ち回っているのだからさすがである。

新客が常連のマダムなら、菜穂の存在をおもしろくは思わないだろう。

バレないうちに退散しようと、背後をふり向いたときだった。

「――蓮！」

鼻にかかったような色気のある女性の声が、菜穂の鼓膜を震わせた。

「あー……。それ、たぶん昔の彼女だよ。だいぶ前になるけどね」

「や、やっぱり……！」

その日の夜。ふらふらと「ゆきうさぎ」に来店した菜穂は、隣に座る星花の言葉を聞いて肩を落とした。

今夜は大樹と零一《れいいち》が出勤しており、星花の彼氏でバイトの慎二《しんじ》は休みだった。先日に退職した碧は、これからはお客として通うと聞いたが、今日は来ていない。

菜穂が格子《こうし》戸を開けると、カウンター席で星花がひとり、ビアグラスを片手に軟骨のから揚げを頬《ほお》張っていた。こちらに視線を向けた彼女は、不思議そうに首をかしげる。

『どしたのミケさん、浮かない顔して』

蓮の妹である彼女なら、もしかしたら詳しい事情を知っているかもしれない。菜穂はすがるようにして星花に近づき、昼間の一件を語ったのだ。

あのときブランピュールにやって来たのは、自分や蓮と同じ年頃の女性だった。

すらりとした長身に、無造作に束ねた黒い髪。身に着けているのは無地のシャツに薄手のジャケット、スキニーパンツというシンプルな組み合わせだ。アクセサリーは華奢《きゃしゃ》なつくりのネックレスだけで、メイクも最低限にとどめている。その飾り気のなさが逆に、彼女が持つ自然な美しさを引き立てていた。

『マユ、だよな？　何年ぶりだ……』

目を見開いていた蓮は、驚きから立ち直るとそう言った。女性と同じく、下の名前を呼び捨てにしたのだ。顔見知り程度の仲ではないと、そこで察した。

『ここに勤めているって、専門時代の友だちから聞いたの。まさかお店に入ってすぐに会えるとは思わなかったけどね』

親しげに話しながら近づいてきた女性は、その場に立ち尽くしていた菜穂を見た。目が合って我に返ったのか、申しわけなさそうに頭を下げる。

『ごめんなさい！　お客さんがいるのに』

『ああ、気にしなくていいよ。この子は違うから』

それならなんだと説明するのだろう。菜穂が緊張していると、蓮は実にあっさり『俺の彼女なんだ』と紹介してくれた。そのひとことに、飛び上がりたくなるほど嬉しくなる。

『へえ！　同い年くらいかな。さすがモテ男、可愛い人つかまえちゃって。私なんかここ三年、ずっとおひとりさまだわー』

屈託なく笑った彼女は、菜穂に向けて『はじめまして！』と挨拶《あいさつ》してくれた。

彼女の名前は香坂万由子《こうさかまゆこ》。蓮と同じ製菓専門学校に在籍していたそうだ。年齢はひとつ上の先輩だが、蓮とはサークルを通して知り合ったのだという。

『なんのサークルだったんですか？』

『食べ歩き。言っておくけど遊びじゃないよ。都内の洋菓子店とか和菓子店を回って、商品展開や経営方法を研究したんだ。将来の役に立つから』

『なるほど……』

蓮の答えに納得する。製菓専門学校に通う学生は、パティシエやショコラティエ、和菓子職人やパン職人の卵なのだ。蓮は当時、実家の洋菓子店を継ぐ気だったから、勉強はもちろんサークル活動にも真面目《まじめ》に取り組んでいたのだろう。

『帰国してたんだな。俺と入れ違いでパリに渡ったって聞いたけど』

『そうそう。帰ってきたのは先月の終わり。四年近く向こうにいたかな。兄が独立することになったから、手伝うために戻ったの。物件も無事に決まって』

『兄妹《きょうだい》で店をやるのか。すごいな！』

『こんな都心じゃなくて郊外だけどね。蓮の実家があるほう』

『開店はいつになるんだ？　お兄さんの話も聞いてみたいな。あの人もたしか海外で修業したことがあったはず……』

『十年近く前の話よ。でも、久しぶりに蓮と会ったらよろこぶだろうなー』

話をはずませる蓮と万由子の様子を、菜穂は複雑な思いで見つめていた。

蓮はこれまで見たことがないほど、生き生きと目を輝かせ、旧友との会話に夢中になっている。菜穂が口を挟むことのできない、ふたりだけに通じる話。

彼の夢はいつか自分の店を持つことだから、ひと足先にそれをかなえた香坂兄妹がうらやましいのだろう。悔しがったり妬《ねた》んだりすることはなく、純粋にあこがれのまなざしを向けるところが彼らしい。

微笑《ほほえ》ましいのに胸が痛い。心の奥に渦巻くこの感情を、正しく表現するのなら。

――――疎外感……。

たまらず視線をそらした菜穂は、フルーツゼリーが入った袋を胸に、静かに店をあとにした。背後から引き止める声が聞こえたが、知らんふりをして走り去り、逃げるように電車に乗ったのだった。

（蓮さんと香坂さんって……もしかして）

学校もサークルも同じで、下の名前で呼び合う。実家の場所を知っているのは、実際に行ったことがあるから？　万由子の兄とも顔見知りとなると……。

悶々《もんもん》と考えていた疑問は、「ゆきうさぎ」で星花と会い、話をしたことであっけなく解決した。やはり万由子は蓮の元恋人だったのだ。予想はしていたものの、いざ事実だと告げられると、なんとも言えない気持ちになる。

うつむいた菜穂を気遣ってか、星花が取りつくろうように続けた。

「つき合ってたとは言っても、蓮兄《にい》が二十歳《はたち》かそこらの話だよ？　別れたのもとっくの昔だし。ミケさんが気にするほどのことじゃないって」

「でも、星花さんは香坂さんのこと知ってましたね。家にも遊びに来たとか？」

「う……。ま、まあその、何回かは。香坂さんのことはわりとオープンにしてたから」

蓮は菜穂との交際についても、年明けには家族に明かしていた。両親にも紹介してくれたし（もともと顔見知りではあったのだが）、そのときは嬉しかったのだけれど、これまでの恋人とも同じ扱いだったのかもしれない……。

ぽつりと言うと、星花は「それは違うな」と否定した。

「蓮兄はモテるから、歴代彼女はそれなりの人数がいると思う。でも、うちに連れてきて親に会わせた人はほとんどいないよ。あたしが知る限りはふたりだけ」

「ふたり……ですか」

「うん。ミケさんと万由ちゃ……いや、香坂さん」

「……」

墓穴を掘ってしまった星花は、気まずそうな表情でビアグラスに口をつける。菜穂もそれ以上何も言わず、星花から分けてもらったから揚げに箸《はし》を伸ばした。

コリコリとした食感の軟骨を噛《か》み砕いて、ビールで喉《のど》の奥へと流しこむ。普段は相性抜群の組み合わせなのに、今日はやけにビールが苦い。品質が変わったわけではなく、自分の気持ちがそう感じさせているのだ。

(香坂さんは蓮さんにとって、特別な彼女だったのかな……)

お互いが好きで交際をはじめても、別れを選んだのなら、ふたりの関係はそこで途切れる。理由は人によって違うけれど、自分の少ない経験に鑑《かんが》みても、別れた相手とその後も交流が続いたことはない。もちろん絶対とは言い切れないし、お互いが納得した末の別れであれば、負の感情は残らないのかもしれない。

蓮と万由子が再会したとき、ふたりの間にわだかまりは感じられなかった。どちらも大事な旧友に再会し、心からよろこんでいたような印象だった。長い時の流れが、当時の出来事をきれいな思い出に浄化したからなのか。それとも――

大きなため息をついたとき、菜穂の前にグラスがひとつ置かれた。細長くスマートなフルート型のシャンパングラスは、澄んだ赤色の液体で満たされている。縁の部分にはみずみずしい苺《いちご》が一粒飾られていて、とても可愛らしい。

注文した覚えのない品に首をかしげると、目の前に立っていた大樹が微笑む。

「これは俺からのサービスだよ。つくったのは零一さんだけど」

「カクテルですか?」

「ストロベリーロワイヤル。ストロベリーリキュールとシャンパンを混ぜたものだな。今回はリキュールの代わりにシロップと果汁を使って、アルコールの度数をおさえた。甘口で飲みやすいから試してみるといい」

なおも戸惑う菜穂に、零一が続けた。

「ビールが苦そうだったから、口直しってことでさ」

お客の心の機微に敏《さと》いふたりは、菜穂の胸の内で渦巻くもやもやとした感情に気づいているのだろう。菜穂は彼らにお礼を言って、手にしたグラスを口元に近づけた。

苺特有の甘い香りと、シャンパンの華やかな香りが一体となって鼻腔《びこう》をくすぐる。実際に飲んでみると、シャンパンに含まれた炭酸が、口の中で心地よくはじけた。溶け合った苺の果汁が甘酸っぱくもさわやかで、すがすがしい味わいだ。

「おいしい……」

その甘さに癒《いや》されて、菜穂はほっと安堵《あんど》の息を吐く。気持ちが少し晴れやかになったことを察したのか、大樹と零一もほっとしたように顔を見合わせた。

「口直しはできたか」

「はい。ありがとうございます」

冷静さをとり戻した菜穂は、グラスの中のカクテルを揺らしながら考える。

自分は万由子と会って、少なからずショックを受けた。彼女が蓮の元恋人だったということも理由のひとつではあるけれど、その事実自体はさほど重要ではない。二十七、八にもなれば過去に誰かと交際した経験があってもおかしくないし、菜穂だって数は少ないものの、彼氏と呼べる相手はいた。

蓮は顔立ちがととのっているから、それだけでも女性の目を引く魅力がある。見た目は派手で軽そうでも、中身はまっすぐな努力家だ。そんな人を周りの女性が放っておくはずがないので、昔から引く手あまただったのだろう。予想はしていたのだから、いまさら過去の交際相手に嫉妬《しっと》をしてもむなしいだけだ。

ならばなぜ、自分はこうも打ちのめされているのか。

(香坂さんと私が、あまりに違いすぎるから……なんだろうな)

やがて答えを探り出した菜穂は、遠い目で宙を見つめた。

蓮と万由子が再会し、水を得た魚のように会話を交わしているとき、菜穂はふたりの姿を直視することができなかった。確固たる夢を持ち、その実現に向けて邁進《まいしん》している人たちが放つ光がまぶしすぎて。

——蓮さんは、どうして自分のような凡人とつき合いたいと思ったのだろう……。

心の奥底に封印し、見ないようにしていたコンプレックスが鎌首《かまくび》をもたげる。

次第に暗くなっていく思考をふり払いたくて、菜穂は残っていたカクテルを一気に喉へと流しこんだ。


「ミケさん、大丈夫か？　なんならタクシーでも呼んで……」

「平気ですよー。ちょっと体が熱いだけですし。風にあたれば酔いも醒《さ》めます」

支払いを終えた菜穂は、にっこり笑って格子戸を開けた。暖簾《のれん》をくぐり外に出ると、目の前の通りを冷たい夜風が吹き抜ける。今夜は少し飲みすぎてしまったが、これなら歩いているうちに、火照《ほて》った体をほどよく冷やしてくれそうだ。

ショルダーバッグを肩にかけた菜穂は、駅のほうに向かって歩き出す。

菜穂が住んでいるアパートは、駅を挟んだ反対側。古くて狭いワンルームだけれど、十年近くも暮らしていれば愛着も湧く。蓮が住むマンションの部屋はお洒落《しゃれ》で洗練されているが、彼は菜穂の部屋にあるこたつを気に入って、冬の間はよく遊びに来ていた。

（夕飯はお鍋が多かったなぁ。水炊きとかトマト鍋とか。すき焼きのときはお肉のとり合いでケンカしたけど）

『蓮さん、私より一枚多く食べたでしょ！　ずるい！』

『ほかの肉と重なってたんだからしかたないだろ。不可抗力だ！』

傍《はた》から見ればくだらない争いでも、自分たちにとっては一大事。さんざん言い争った末その日は背を向け合って眠ったが、翌朝は蓮が特製のフレンチトーストをつくってくれたおかげで仲直りした。甘くておいしい朝食の前では、争いなど無意味なのだ。

――出会ったばかりのころは、まさか蓮とここまで親しい仲になるとは予想もしていなかった。

蓮と菜穂がはじめて顔を合わせたのは、三年半ほど前のこと。

大樹に頭を下げ、「ゆきうさぎ」でふたたび雇ってもらえることになった菜穂は、ふらりと飲みにやって来た蓮を接客した。

『三ヶ田だからミケ？　大樹らしいこじつけだなぁ』

日本酒が入ったぐい呑《の》みを片手に、ほろ酔いの蓮はおかしそうに笑った。

『屋号はうさぎなのに、猫ばっかり増やしてどうするつもりなんだか』

大樹から蓮を紹介されたときは、自分とは縁のない人だと思った。

自分は蓮や大樹のように、何かの腕を磨いて技術を身に着けたわけではない。役に立つ資格も持っていないし、一般的な事務仕事もうまくこなせず、逃げるようにして会社を辞めた。お情けで「ゆきうさぎ」に拾ってもらった菜穂にとって、修業先のパリから帰ってきたばかりの蓮は、別の世界の住人に等しかった。お互いの境遇の違いや落差がありすぎて、苛立《いらだ》ちすら覚えるほどに。

（でもそれは、あのころの私が卑屈だったからなんだよね……）

菜穂の表情に苦笑が浮かぶ。

こちらがコンプレックスをこじらせていじけている間も、大樹や碧、そして蓮は屈託なく自分と接してくれた。しばらくすると収入が安定し、菜穂も心の余裕をとり戻した。それからは蓮とも気負わず話せるようになり――

商店街を抜けて駅前ロータリーに入ったとき、バッグの中でスマホが鳴った。電話の着信音だったので確認すると、画面に表示されていたのは「蓮さん」の文字。どうしても通話をタップすることができず、やがてスマホは沈黙した。

ブランピュールを去ってから、菜穂のもとには蓮からのメッセージや着信が何件も届いていた。メッセージには既読をつけたが、応答はまだしていない。時間がたてばたつほど返事がしにくくなると、わかってはいるのだけれど。

喉に刺さった小骨のようなこの気持ち。飲みこんで消化するまでは、蓮とは顔を合わせたくなかった。きっと情けない姿をさらしてしまうから。

スマホをバッグの中にしまった菜穂は、ロータリーを通って駅の反対側に出た。

このあたりは商店街と同じように、個人経営の飲食店や居酒屋、ファストフードなどの店が立ち並んでいる。明るいネオンに照らされた通りは、仕事帰りの勤め人や、遊びに繰り出してきた若者たちでにぎわっていた。

(金曜だから混んでるなー……)

菜穂はバッグを胸に抱いた。さっさと通り抜けてしまおう。

人々の合間を縫《ぬ》い、早足で進んでいたとき、前から歩いてきた男性と衝突してしまう。

「きゃっ」

「おっと!」

よろめいた菜穂の腕を、男性がつかんで支えてくれる。はずみでバッグがすべり落ちたものの、なんとかバランスを立て直した菜穂は、「すみません」と言って頭を下げた。

「いいっていいって。気にしないでー」

スーツ姿の若い二人組は、どこかで一杯ひっかけてきたのか赤ら顔だ。

地面に落としてしまった菜穂のバッグを拾い上げた男性が、返すついでにこちらの顔をひょいとのぞきこむ。

「お姉さん、けっこう可愛いじゃん。暇なら一緒に飲まない？」

「え……」

「あっちに行きつけの店があってさー。これも縁ってことでひとつ。もちろん奢るよ？」

「いえ、けっこうです。すみませんが急いでますので」

まさかこんなところで誘いをかけられるなんて。驚いたけれど、「ゆきうさぎ」のバイトで酔客の扱いには慣れている。冷静にかわして立ち去ろうとしたが――

「そんなつれないこと言わずにさぁ。ちょっとだけ」

「だからけっこうですってば」

「三十分でもいいから！」

少しきつめに断っても、厄介《やっかい》な酔漢たちは聞いてくれない。逃げたくても腕がつかまれたままなので、動くに動けないのだ。しつこい相手に苛立つと同時に、恐怖もこみ上げてきて、菜穂の額《ひたい》に脂汗《あぶらあせ》がにじむ。

(どうしよう。なんとかして切り抜けないと……)

つかまれた腕に力がこもり、思わず眉を寄せたときだった。

ふいに伸びてきた第三者の手が、菜穂の動きを制していた酔漢の腕をつかんだ。かと思えば容赦《ようしゃ》なくひねり上げられ、「あいてて!」と悲鳴があがる。

「何すんだよ!」

抗議の声を黙殺したのは、氷よりも冷ややかな、絶対零度のまなざし。

「俺の彼女に何か用?」

「——っ」

酔漢たちより背の高い第三者が、鋭い目つきで彼らを見下ろす。

その迫力に恐れをなしたのか、はたまた騒ぎに気づいた周囲の人々の注目に耐えられなくなったのか。酔漢たちはそそくさとその場を去り、雑踏の中にまぎれていった。

「行くよ」

あぜんとする菜穂の手を握った彼は、何事もなかったかのように歩き出す。

「え、あの……蓮さん!?」

大股で進んでいく背中に呼びかけても、蓮はふり返ろうとしない。

「なんで……」

なぜ彼がここにいるのか。しかもタイミングよく助けてくれるなんて、偶然のはずがない。しかしいまは何を訊《き》いても答えてくれそうになかったので、菜穂は蓮に手を引かれるがまま、混み合う繁華街から抜け出したのだった。

繁華街を離れて住宅街に入り、静かな通りを歩いていたとき、それまで黙っていた蓮がようやく口を開いた。

「ミケさん、腕は平気？　痛みはない？」

「あ……大丈夫です。少し強めにつかまれた程度で、怪《け》我《が》をしたわけでもないですし」

「そうか。でも、あとで確認させて。痣《あざ》になってる場合もあるから」

角を右に曲がると、二階建てのアパートが見えてきた。やがて建物までたどり着いた菜穂は、ドアの鍵を開けて自宅に入る。電気をつけると、見慣れた部屋の様子が視界に飛びこんできて、張り詰めていた心がほぐれていく。

「蓮さん、喉渇いてませんか？　何か飲み物を……」

言いかけた菜穂の体を、あたたかいものがふわりと包みこんだ。背後から両腕を回してきた蓮に、ぎゅっと抱き締められる。

「よかった、無事で……」

しぼり出すような声を聞いたとき、蓮が自分のことを本気で案じてくれていたのだとわかった。伝わってくるぬくもりが愛《いと》おしくて、菜穂はそっと目を閉じる。

——私はいったい、何を不安に感じていたのだろう。

蓮はたしかに自分のことを想い、行動で示してくれている。

それなのに、昔の恋人があらわれたとたんに、みっともなく動揺してしまった。そんな自分が恥ずかしかったが、いまはこの抱擁《ほうよう》に応《こた》えたい。絡みつく腕をやんわりとほどいた菜穂は、正面から相手の胸に飛びこんだ。

「さっきは助けてくれてありがとうございました。すごく格好よかったです」

「惚《ほ》れ直した？」

いたずらっぽく笑う蓮の顔を見上げて、菜穂は満面の笑みで答える。

「そうですね。私、蓮さんの素敵なところを発見するたびに惚れ直していますから」

素直な気持ちを伝えると、蓮は一瞬、呆《ほう》けたような顔になった。

頬がかすかに赤くなったのは、照れているから？　いつも余裕にあふれた彼の、あらたな一面を見つけたことが嬉しくて、菜穂は蓮の胸に顔をうずめた。

「大樹に頼んでいたんだよ。ミケさんが『ゆきうさぎ』に来たら教えてくれって」

それからしばらくして、まだ布団をかけているこたつテーブルを挟み、向かいに座った蓮が種明かしをしてくれた。

「今夜はあの店に飲みに行っているような気がしたんだ」

「勘ですか」

「勘だね。我ながら冴えてる」

メッセージを送っても返事がなく、電話をかけても応答しない。しかし既読はついていたから、文面は読まれているとわかったそうだ。自分が避けられていることに気づいた蓮は、確実に菜穂と会うため、大樹に協力を求めたらしい。

「本人がいない時間に家に行っても意味がないだろ。合鍵もないのに」

菜穂と蓮はともにひとり暮らしだが、合鍵は渡していなかった。

心を許していないというわけではなく、お互いのプライバシーを守るためだ。どちらも家の中で過ごす時間を大事にするからこそ、相手が恋人であっても、むやみに踏みこまれたくない。そのあたりの価値観が一致したのだ。

「さっき大樹から連絡があって、ミケさんのアパートに向かってたんだ。途中で酔っ払いに絡まれるのは想定外だったけど」

「お酒で気が大きくなっていたのかなぁ……」

しみじみと言う菜穂の鼻を、前方から伸びてきた手が遠慮なくつまんだ。

「ふがっ……。いきなりなんですか」

「のん気すぎるよミケさん。今回はたまたま俺がいたけど、いつも助けが来てくれるわけじゃないいんだよ。これからはじゅうぶん気をつけること」

たしかに蓮の言う通りだったので、菜穂はこくりとうなずいた。

「さてと。注意喚起もすんだし、そろそろ本題に入ろうか」

「本題?」

「どうして俺からの連絡に答えなかったのか」

居ずまいを正した蓮が、菜穂の顔をじっと見据える。

その瞳の奥で揺らいでいるのは怒りではなく、不安と戸惑い。まだ友人同士だったころも含め、菜穂が蓮からのメッセージを無視したことは一度もなかった。体調不良のときでさえ、きちんとその旨《むね》を伝えていたのだ。だから理由を知りたいのだろう。

「もしかして、マユ……香坂さんと関係ある?」

「それは……」

蓮につられて正座をした菜穂は、膝《ひざ》の上でこぶしを握り締める。

情けない本音を隠すため、適当な言いわけを並べてごまかそうか。いや、それで守られるのはせいぜい、自分のちっぽけなプライドくらいだ。この気持ちをすっきりさせるためにも、正直にぶつけてみようか。

相手を見つめ返した菜穂は、意を決して口を開いた。

「逃げるようなことしてごめんなさい。私、妬ましかったんです」

「妬ましい？」

「星花さんから聞きました。香坂さん、蓮さんの元彼女なんでしょう？」

蓮は驚いたように目を見開き、「星花のやつ」とつぶやいた。万由子のことはこちらからたずねたのだから、彼女は何も悪くない。そう言うと、蓮は無言で先をうながした。

「彼女がいたことについては、別にいいんです。蓮さんくらいモテる人なら、何十人いたとしてもおかしくない」

「そこまで多いわけないだろ。たしかミケさんで八人目だし」

「私は蓮さんが三人目ですよ……」

「いや、その……。中学時代とか短期間の相手も入れての数だから」

中学生の時点で彼女持ちだったとはさすがである。菜穂にはじめて彼氏ができたのは大学に入ってからだし、中学時代にあこがれていたのは同級生や先輩ではなく、漫画に出てくる美形キャラクターだったというのに。

「それはともかく。昼間、蓮さんと香坂さんがお店で話してましたよね。ふたりとも立派な職人で、そのうえ大きな夢まであって」

兄妹で立ち上げる店の展望を、生き生きと語る万由子は、内からまばゆい輝きを放っていた。彼女が蓮の隣に立つと、とうの昔に別れているのにお似合いだった。とりたてて特徴のない菜穂が立っても、あそこまでしっくりはこないと思う。

「私は職人じゃないし、かなえたい夢も特にないから、それを持っている蓮さんたちが妬ましくなって……。返事をしなかったのも、要は拗《す》ねていたんです。蓮さんも香坂さんもはじめからすべてを持っていたわけじゃないのに」

蓮と万由子が職人になれたのは、相応の教えを受け、修業をしたからだ。努力を重ねて腕を磨き、その過程で夢の種を見つけたのかもしれない。そして耕した土地に植えた種を芽吹かせて、大事に育てていったのだろう。それができたからこそ、いまの彼女たちは輝いているのだ。

それに引き換え、自分のなんと小さなことか。

自己嫌悪にさいなまれていた菜穂の肩に、蓮がそっと右手を置く。おそるおそる視線を向けると、蓮の口の端が少し上がった。

「ミケさん、気分転換に甘いものでも食べない？」

「そうですね……。けどダイエット中だし、お菓子はちょっと」

「少しくらいなら大丈夫。ちょっとキッチン借りるよ」

立ち上がった蓮は、荷物の中から製菓用のチョコレートが入った袋をとり出した。自宅でも新製品の研究がしたくて、勤務先の店から分けてもらったものだという。彼は狭いキッチンに立ち、作業をはじめた。

やがてただよってきたのは、濃厚で深みのあるチョコレートとミルクの香り。しばらくして戻ってきたその手には、湯気立つマグカップがふたつ。つき合いはじめで浮かれていたころ、おそろいの小物がほしいと言って、雑貨屋で買ったペアのカップだ。

「ホットチョコレートだよ。甘いものをとれば気分もほぐれる」

「ありがとうございます」

菜穂はカップを受けとって、その香りを楽しみながら口をつけた。熱いミルクに溶けこんだチョコレートが、舌の上でなめらかにとろけ、体を芯からあたためてくれる。

「ココアパウダーとかシナモンがあれば本格的になるんだけど。なかったから簡易版で」

「じゅうぶんおいしいですよ。蓮さんがつくるお菓子はどれも絶品です」

にっこり笑いかけると、蓮は「お菓子ってほどのものじゃないよ」と言いつつも、よろこんでいるようだった。

「ホットチョコレートといえば。蓮さん、前に私が落ちこんでいたときも、こうやってつくってくれましたよね」

「ああ……。この世の終わりみたいな顔だったな」

それはまだ、自分たちが友人関係を保っていたころのこと。

会話が増えて親しくなるにつれ、蓮とは意外にも波長が合うことに気づいた。価値観が近かったし、家で過ごすことが好きだというのも同じ。食べ物の好みも似ていたから、よく一緒に食事に行った。

蓮のことを最初に意識したのは、伯母《おば》から強引にお見合いをすすめられたときだったと思う。お見合いにも心がゆれたが、当時は書店の契約社員にならないかという誘いもあり、「ゆきうさぎ」のバイトとどちらを選ぶべきかと迷っていたのだ。

悩んでいた菜穂の話を、蓮は真摯《しんし》に聞いてくれた。おかげで気が楽になり、自分の心とまっすぐ向き合うことができたのだ。

仕事で大きなミスをしてしまい、どんよりと落ちこんでいたときは、いまのようにおいしいホットチョコレートをつくってくれた。たっぷりの甘さを含んだエールに、どれだけ救われたかわからない。そんな優しい気遣いに触れるたび、蓮に対する気持ちは花のつぼみがふくらむように、少しずつ育っていった。

お互いのカップが空になると、菜穂は蓮の隣に移動した。コンパクトなこたつはふたりで入るには狭かったけれど、自然にくっつくことができるから好きだ。

「やっぱりきついよ」

「そこがいいんですってば」

調理中の匂いが染みついたのか、蓮の髪や服からはチョコレートの香りがした。同じこたつに入って、小さな発見をよろこぶ。そんな些細《ささい》なことが幸せだ。

「菜穂」

ふいに名前を呼ばれ、どきりとする。

蓮は普段、菜穂のことをあだ名で呼ぶ。けれどもつき合うようになってから、ここぞというときには本名を口にするようになっていた。だからこそ心に響く。

「俺はさ、自分がつくったケーキやお菓子を、おいしそうに食べてくれる菜穂のことがすごく好きだよ」

「え……」

「よく体重を気にしてるけど、いまみたいにぽっちゃりしてるほうが可愛いと思う。あとは『ゆきうさぎ』で一生懸命働く姿が気に入ってたし、のんびり屋なところは俺と同じだから、一緒にいて楽しい。思いつくだけでもこれだけある」

蓮の言葉に既視感を覚え、ややあって思い出す。

彼が発したのは半年前、菜穂に伝えてくれた告白だ。蓮はあのときとほとんど同じ台詞《せりふ》をなぞっている。それから交際を申しこまれ、涙が出るほど嬉しかった。

このあとはどんな言葉が続くのか。

緊張する菜穂の頭を、蓮が微笑みながらぽんと叩いた。

「別に職人じゃなくてもいいんだよ。かなえたい夢がなくたって、毎日会社に行って仕事をしていれば、じゅうぶん立派な社会人だと思う。菜穂はちゃんと仕事をして生活できているんだから、自分を卑下《ひげ》する必要なんかどこにもない」

「蓮さん……」

「今度の休みはハイキングに行こう。お弁当やお菓子を持ち寄ってさ。それでおいしいものを食べて笑う菜穂の顔が見たい」

「――はい！」

愛おしさで胸がいっぱいになり、菜穂はあふれる思いのまま、蓮の体に抱きついた。

明日は大きなお弁当箱を買いに行こう。当日は蓮の好物をたくさんつくって、その中にぎっしり詰めるのだ。

チョコレートの甘い香りがただよう部屋は、ささやかな幸福に満ちていた。

4　岐路に立つ日

つい先日、ようやく大学に入ったと思ったのに、気がつけば丸二年が過ぎていた。

「では、本日はここまで。レポートは次回までに仕上げておくように」

厳しさで有名な准《じゅん》教授が退室すると、ぴんと張り詰めていた教室の空気が明らかにゆるんだ。階段状になった大教室の、後方窓際の席に座っていた黒尾慎二《くろおしんじ》は、経営統計学のテキストを閉じて「うーん」と大きく伸びをする。

（やっぱりさっき、ちょっと意識飛んでたよなー。バレてなきゃいいけど）

開いたノートに目を落とせば、ある箇所からミミズがのたくったような文字が書き殴られている。重要なところのはずなのに、解読不明だ。これではテストがやばい。

「おい慎二」

背後からつん、と後頭部をつつかれてふり返る。一段上の席では、芯を引っこめたシャーペンを手に、茶髪の友人がにやにやしながら見下ろしてきた。

「おまえ、さっき居眠りしてただろ」

「バレたか」

「何回も頭カックンしてたしなぁ。先生、声はかけなかったけどにらんでたぞ」

「げえっ。なんでそのときに起こしてくれなかったんだよ」

「甘い。甘いよ黒尾くん。小中学生じゃないんだから、自己管理はしっかりしなさい」

「くっそ、先生ぶりやがって。正論なだけにムカつくなー」

慎二は悪態をつきながら、上から目線の相手にパンチをお見舞いする真似《まね》をした。それすら軽やかにかわされてしまい、まったくもってカッコ悪い。

「ま、来週のレポートで挽回《ばんかい》するんだな。出来がよければの話だけど」

「レポートか……。おれ、統計学はどうも苦手で」

すがるように友人を見たが、さわやかな笑顔で「自分でやれ」と一刀された。バッサリである。わかってはいたけれど。

四倉《しくら》という名の彼とは、大学一年からのつき合いになる。慎二がフットサルのインカレサークルに入ったとき、四倉も新入りメンバーとしてそこにいたのだ。大学では同じ講義をとっていることが多く、教室でもよく姿を見かけた。不思議と波長が合ったので、次第につるむようになり、三年次に上がった現在まで続いている。

テキストとノートを黒いリュックの中にねじこみ、筆記用具をぶちこんだペンケースもしまいこむ。立ち上がった慎二は、右肩にリュックのショルダー部分を引っかけ、四倉と連れ立って大教室を出た。

「うへー。腹減ったぁ。学食で飯食おうぜ」

「今月の日替わりランチ、火曜はなんだったっけか」

経営統計学は二限目なので、いまはちょうどお昼時だ。

今朝は不覚にも寝坊してしまい、慎二はテーブルにあったバナナを一本つかんでアパートを飛び出した。電車が来る前に駅のホームでかぶりつき、なんとか腹を満たしたのだ。猛然とバナナの皮をむきはじめた慎二の姿に、周囲の人々は目を白黒させていたが許してほしい。空腹のまま九十分の講義《たたかい》に耐えるなど、拷問《ごうもん》以外のなんでもなかった。ゆえに恥という感情も、潔《いさぎよ》く捨て去ったのだ。

しかし健康な大学生男子の強靭《きょうじん》な胃袋が、バナナ一本で足りるはずがない。胃の中はあっという間に空となり、講義の後半は眠気との戦いだった。きっと空腹をまぎらわすために、脳が睡眠モードに移行しようとしたのだ。脳からの指令なら、あらがえないのも無理はない。

学食がある建物に入ると、中は学生たちでごった返していた。

「混んでるなあ。空いてるところあるかな」

「二手に分かれよう。俺が席を確保しておくから、慎二は先に注文しておいてくれ」

「四倉は何食うの。日替わりランチ?」

「ああ。ただしブロッコリーが使われていたら却下だ。グリンピースと椎茸《しいたけ》も。あんかけもちょっと苦手だな。どれかが入っていたときは、代替案はかき揚げうどんで」

「めんどくせえ……」

そこまで言うなら自分で見極めろと思ったが、四倉は慎二に自分のプリペイドカードを押しつけ、席探しに行ってしまった。残された慎二は肩をすくめ、学生らが列をなす注文口の最後尾に並んだのだった。

そして――

「結局かき揚げうどんかぁ……。賭けには負けたわけだな」

なんとか確保した席で、慎二と四倉は向かい合って食事をとりはじめる。

「いつから賭けになったんだよ。とにかく、火曜の日替わり定食のメニューは白身魚のあんかけ定食だった。あんかけは椎茸入り、主食はグリンピースたっぷりの豆ご飯、サラダにはトマトやブロッコリーがふんだんに使われた栄養満点の一品だ」

「網羅しすぎ……」

しょんぼりと肩を落とした四倉が、きつね色のかき揚げをかじる。歯ざわりがよさそうなさくりという音が、慎二の耳にも聞こえてきた。

「慎二はチキン南蛮定食か。肉、おいしそうだな？」

「う……そ、そんな目で見るな」

うどんを選んだのは四倉本人なのだから、こちらが肉を分け与える筋合いなどない。

とはいえ慎二は基本的に人がいいため、すぐに陥落《かんらく》してしまった。タルタルソースがかかった鶏肉《とり》を一切れ、お新香《しんこ》があった皿の上に載せる。両手を合わせた四倉は「ありがとう慎二さま！」と大げさに崇《あが》め奉《たてまつ》り、大口を開けて鶏肉を頬張《ほお》った。

「うわ、めっちゃ美味《うま》いなこれ。はじめて食べたけど絶品じゃん」

「ここのチキン南蛮は特別なんだよ。なんたってあの大兄《だい》が感激して、担当のおばちゃんに教えを乞うたくらいだし」

「大兄……ああ、慎二のバイト先の大将だったか」

「そうそう。大兄が通ってたの、この大学だったんだ。だいぶ前に卒業したけど」

慎二は箸《はし》でつまんだ鶏肉を、ぱくりと口に入れる。

衣をつけて揚げた鶏モモ肉は、皮はパリパリ、一口嚙《か》めば中からジューシーな肉汁があふれ出す。そこにこだわりのタルタルソースが惜しげもなくかかっていた。

慎二の雇い主である大樹《だいき》は、かつてこの大学に通っていた。

なんの因果か学部まで同じで、あとから知ったときはお互いに驚いたものだ。卒業して何年もたっているが、やはり母校はなつかしいのか、たまに慎二が語る大学生活の話を興味深げに聞いてくれる。

『経済学部の雪村《ゆきむら》くん？　ああ、憶《おぼ》えてるわよー。小料理屋さんの子でしょ。あの子、うちのチキン南蛮をえらく気に入ってくれてねえ。ぜひレシピを教えてくださいって頼みこんできたから、皿洗いのバイトと引き換えに伝授したのよ』

学食で働く調理師のボスは、大樹のことをしっかり記憶していた。学食のレシピを知りたくて、担当者に直談判《じかだんぱん》までした学生は彼だけだから、インパクトが強かったのだ。加えて素直で礼儀正しい人柄が、パート調理師たちの心もつかんだらしい。

（大兄、学生のころから年上受けしてたんだなー）

『え、キミ、雪村くんのお店でバイトしてるの？　なるほど。いまはお店を継いで、立派にやっているのね。都内にあるなら一度食べに行ってみようかしら』

大樹が習ったチキン南蛮は、現在「ゆきうさぎ」の定番ランチメニューとして人気を博している。レシピを伝授してくれた相手については大樹も憶えているはずだし、彼女が来店すればきっとよろこび、大歓迎するに違いない。

「――ごちそうさまでした」

騒がしい学食でかき揚げうどんを平らげた四倉は、腕時計に目を落とした。

「俺、次の講義は四限なんだよね。時間空くから図書館にでも行こうかな」

「図書館かー……」

外で体を動かすことが好きな慎二は、図書館という静かな空間とはあまり相性がよろしくない。座っておとなしく読書にはげむより、広いグラウンドで走り回りながらボールを蹴《け》っているほうが、百倍楽しく感じるのだ。

「少しでも暇があれば勉強したいし」

「勉強?」

「六月に日商の試験があるからさ。今回は一級にチャレンジするんだ」

四倉が荷物の中からとり出したのは、簿記《ぼき》検定の過去問題集だった。

表紙に記された「一級」という二文字の破壊力たるや。慎二は「マジかよ!」と声をあげてしまう。経済学部の学生は簿記を学んで試験を受けるが、最高峰の一級は難易度が非常に高く、合格率もおそろしく低かった。

慎二はかろうじて三級をとったが、四倉は昨年、みごと二級に合格していた。四倉が自分よりも頭がいいことは認めるけれど、さすがに一級はむずかしすぎる。

「もちろん俺だって、一発で合格できるとは思ってない。合格率が低いのは事実だし」

四倉はあくまで冷静だった。問題集には無数の付箋《ふせん》が貼りつけられてあり、表紙は至るところがボロボロだ。中も書きこみだらけで努力のあとがうかがえる。

「試験は十一月にもあるから、今回がだめだったとしてもあきらめずに、また受ければいい。まあできれば就活がはじまるくらいまでには受かりたいけど」

「就活……」

「一級をとれたらいいアピール材料になるだろ。持っていない学生よりは企業も注目してくれるだろうから。あとは英語かなー。もうちょっとスコアを上げたいけど、簿記と同時進行で勉強するのはきついよなぁ」

慎二はあぜんとしながら、目の前で問題集のページを繰《く》る友人を見つめた。

まだ三年になったばかりなのに、四倉はすでに来年のことを考えているのか。少し前までふたりでバカをやって笑い転げたり、フットサルの試合に熱中したりするだけだったのに、友人は慎二が知らないうちに前へと進んでいたのだ。

その後、食事を終えて席を立ち、空になった食器を返却口に戻そうとしたときだった。

「あれ、黒尾じゃん。四倉も一緒か」

「先輩！　お疲れっす」

笑顔で近づいてきたのは、同じサークルの四年生だった。オンボロで汚い学生寮に住む先輩は、普段はジャージを愛用している。しかし今日はネクタイを締め、リクルートスーツを身に着けていた。ボサボサの髪も整髪料できちんとととのえられている。

「おおー、見違えるくらいカッコいいじゃないですか。おれが女だったら惚《ほ》れそう」

「男のスーツ姿が三割増しに見えるって本当なんだなぁ。いや、先輩は七割増しか」

「何を言う。スーツだろうがジャージだろうが、俺がいい男であることに変わりはない」

偉そうにふんぞり返った先輩は、合同の企業説明会に参加してきたそうだ。採用はまだ解禁されていないが、就職戦線はすでにスタートしている。学食の中にも先輩と同じようにスーツをまとった学生が何人もいた。

彼らは間違いなく、一年後の自分や四倉の姿だ。

「就活、頑張ってくださいね」

「おうともよ。おまえらもいまから少しずつ情報集めておけ。一年なんてあっという間に過ぎていくんだからな」

先輩と別れて学食を出ると、四倉が声をかけてきた。

「暇なら図書館に来いよ。本が嫌なら視聴覚室でＤＶＤ観るとか」

「いや……どうせ行っても居眠りするだけだし、邪魔になるからやめとく」

「わかった。そういや今日、六時集合で飲み会があるよな。慎二はどうする？」

「バイトがあるからパス」

「了解」

四限目はそれぞれ別の講義だし、終わったあとに待ち合わせて一緒に帰る約束はしないから、四倉とはここで別れる。図書館に向かう彼の後ろ姿を見送ってから、慎二はリュックを背負い直して歩きはじめた。


その週の土曜日。慎二は市内にあるバッティングセンターで打席に立ち、ピッチングマシンを相手にバットをふり続けていた。

「――おりゃあ！」

渾身《こんしん》のスイングだったが、ボールはかすりもせずに空振りする。バットの先がむなしく空気を切り裂き、慎二は「くっそー」と悔しがった。これで何度目のストライクか。

自分はサッカー少年だったから、野球はあまり得意ではない。それでも体を動かすことは好きなので、ストレス発散になるかと思ってここまで来たのだ。しかし思っていた以上にヒットが出ず、逆に鬱憤《うっぷん》がたまっていく。

（カッコ悪いなぁ……。星花《せいか》がいなくてよかったかも）

同い年の幼なじみであり、高校からは彼氏彼女の関係になった相手の顔が浮かび、慎二はため息をついた。バットを置いて汗をぬぐい、渇いた喉《のど》に水分補給をする。

本来ならば、今日は星花と一緒にここでバットをふっている予定だった。デートの約束は前からとりつけていたのだが、昨夜のうちにメッセージが届き、急に都合が悪くなったと言われてしまったのだ。

〈パートさんが体調悪くて、明日はお店を手伝うことになったんだ。ごめん！〉

星花は桜屋《さくらや》洋菓子店の娘で、先月に製菓専門学校を卒業した。彼女の兄が別のパティスリーに就職したため、星花が跡取りになったのだ。彼女はパティシエールの卵として父親に弟子入りし、日々腕を磨くかたわら、店の経営も手伝っている。

慎二の実家も和菓子屋をやっているから、家族経営の店の実情はそれなりに把握している。経費節約のため、雇える人員の数は最小限。それゆえパートの人が欠勤したら、たとえその日が休みであっても、星花が埋め合わせをするしかないのだ。

〈うむ、承知した　頑張って仕事にはげむがよい〉

〈ははー！〉

ノリのいい星花からは、ひれ伏す商人のスタンプが送られてきた。

（おれはまだ学生だけど、星花はもう社会人だしな）

自分がこうして遊んでいる間にも、星花はバリバリ働いて、店の発展に貢献しているのだ。高校時代は同じ位置に立っていたのに、いまはなんだかすごく差がついてしまった気がする。このもやもやとした気持ちは、四倉に対して感じたものと同じだ。

「いやいや、おれだって卒業すれば社会に出るし！」

――星花や四倉のように、将来の明確なビジョンもないのにどうやって？

「…………それはまあ、これから考えればいいことだろ」

つぶやいた慎二は、ふたたびバットを握って打席に立った。気を晴らすためにも、次こそクリーンヒットを叩き出してやる。

気合いを入れて素振りしていたとき、スマホの着信音が鳴る。水を差されてむっとしながら電話に出ると、相手は実家の母だった。

『あ、慎ちゃん？　いきなりごめんなさいね。もしかしていま外にいる？』

向こうにも球を打つ音が聞こえているのだろう。しかたなく居場所を伝えると、母はこれから店のほうに来れないかとたずねてきた。なんでも販売担当の女性が体調を崩し、急に寝こんでしまったそうだ。そこで慎二にピンチヒッターを頼みたいと。

つい最近、どこかで聞いたような話だ……。

『都合が悪いならいいわよ。ほかの人にお願いしてみるから――』

『いや、すぐに行く』

通話を切った慎二は、やれやれと肩をすくめた。これは商売人の子の宿命か。

しかし困っている家族を放っておくわけにもいかず、バッティングセンターを出た慎二は足早に駅へと向かった。二駅下ったところで電車を降り、改札を通り抜ける。

父が営む「くろおや」が創業したのは、昭和元年。父は三代目で、跡取りの兄は四代目になる予定だ。以前は商店街の一角に店を構えていたが、駅前の開発工事をきっかけに土地を売却し、より儲《もう》けが見込める駅ビルの中へと店舗を移した。

それが原因で商店街の人々との間に軋轢《あつれき》が生じたが、いまはお互いに歩み寄り、交流も復活している。父も幼なじみで親友でもある星花の父親と和解して、たまにふたりで「ゆきうさぎ」に飲みに来ていた。

「お待たせしました。ピンチヒッター、ここに参上！」

裏口から店に入った慎二は、厨房《ちゅうぼう》で作業をする父の前でポーズをとった。当の父はあきれ顔で「おまえはいくつになったんだ」と言う。

「ふざけてないで着替えてくれ。今日は一輝《かずき》がいないから忙しいんだ」

「なに、兄貴まで戦線離脱？」

「出張に行っている。来月から新しい食材を卸《おろ》してもらえるようになって」

父は淡々《たんたん》とした声で言いながら、洗濯してきれいにたたんだ衣服を慎二に渡した。動きやすい紺《こん》色の作務衣《さむえ》に前掛け、そして和帽子は、たまに売り場に立つ自分のために用意されたユニフォームだ。

「家族経営の小さな農園なんだが、質のいい茶葉を育てているところでな。契約農家として直接取引ができないか交渉していたんだ。先日やっと話がまとまって、正式な契約を結ぶために一輝を向かわせた」

「ふーん」

「本当は自分が出向いてお礼を申し上げたいところだが、店を離れるわけにはいかないからな。一輝が代理になってくれて助かった。これで初夏の新作に初摘みが使える」

交渉がうまくいったからか、父はいつもより機嫌がよさそうだ。

更衣室で着替えをすませた慎二は、手指を丁寧《ていねい》に消毒し、厨房と売り場を仕切る暖簾《のれん》をくぐって表に出た。店番の女性に交代を告げ、その場にスタンバイする。

駅ビルの地下にある「くろおや」は、和菓子の販売はもちろんだが、併設された甘味処《どころ》でお茶や和風のスイーツも提供している。そちらの手は足りているようで、慎二はこれから閉店時刻まで販売に従事することになった。

（お、試食品発見。どれどれ……）

周囲にお客がいないのをいいことに、慎二は小さく切り分け爪楊枝《つまようじ》を刺した芋《いも》きんつばに手を伸ばした。素朴《そぼく》な甘さのサツマイモが使われたきんつばは、父と兄がひとつひとつ丁寧に手焼きしている。中にはやわらかく炊き上げた黒豆が入っていて、その食感がよいアクセントになっていた。

「うん、やっぱり美味いぞ」

――このまま兄貴が四代目になれば、うちは安泰だな。

星花の兄は実家を継がず、自分が選んだ道を進むことを決めたけれど、慎二の兄がそうなることはないだろう。

兄は実に長男らしい気質の持ち主で、とにかく理性的で責任感が強い。自分が跡取りであることを幼いころから自覚して、父の仕事を熱心に観察するような子どもだった。そして高校を卒業すると、迷うことなく父に弟子入りしたのだ。

本当にそれで満足なのか。敷かれたレールの上から飛び降りて、和菓子とは無縁の道を進みたいと考えたことは一度もないのだろうか？　黙々と修業にはげむ兄を見て、そんなことを思ったけれど。

（結果的には天職だったんだな。おそるべし、和菓子屋のＤＮＡ）

店を継ぐことに対して、兄に不満はまったくなかった。それどころか、心からそれを望んでいるようだった。

父と兄の手にかかれば、なんの面白味もない練り切り餡《あん》や求肥《ぎゅうひ》、そして水飴《みずあめ》といった食材が、美しく繊細な上生菓子へと変貌《へんぼう》を遂げる。それはまるで魔法のようで、兄はそんな芸術品を生み出すことのできる職人の仕事を誇りに思っていた。

(不満があったのは、実はおれのほうだったんだよな……)

爪楊枝をゴミ箱に投げ入れた慎二は、天井をあおいで苦笑した。

商売人の家に生まれた子どもは、親の代で店をたたむ予定がない限り、いずれは跡取り問題に直面することになる。

兄のようによろこんで受け入れた者もいれば、家に縛られることを嫌って出て行った者もいる。星花の兄のように、はじめは継ぐつもりでも、途中で考えが変わった者も少なくないはず。慎二はそのどれでもなく、漠然とした疑問を抱くにとどまった。

和菓子は嫌いじゃないし、父たちも尊敬している。けれど自分も同じ道に進み、職人になるのは何かが違う気がした。想像してもどうにもぴんと来ないのだ。ではほかに就きたい職業があるのか。それも思い浮かばず、そんな自分が不満だった。

(とりあえず大学に行けば、いつかはビジョンが見えるって思ったけど……)

「……ちゃん、慎ちゃん！」

「へっ？」

思考の海から浮上すると、いつの間にか常連客のおばちゃん――もとい中年のご婦人がショーケース越しに立っていた。

「ぼうっとしてどうしたの。大丈夫？」

「あー……すみません。ちょっと寝不足なのかも」

「ちゃんと寝ないとだめよー。ひとり暮らしなんでしょ？　栄養もしっかりとらないと」

――いかん。いまは業務に集中しなければ。

気合いを入れた慎二は、きびきびと仕事にとりかかった。


駅ビルの閉店とともに、「くろおや」の本日の営業は終了する。

「黒尾さん。お掃除が終わりましたので、お先に失礼します」

「お疲れさまー。明日もよろしくね」

甘味処で働くバイトの女子大生は、先月から働きはじめた新人だ。大学に入ったばかりで、バイトをするのもはじめてだとか。

緊張しながらも一生懸命に仕事をする姿は微笑《ほほえ》ましく、思わず応援したくなる初々《ういうい》しさがある。慎二がはじめてバイトをしたのは高校生のときだったが、周りの大人からは同じように見えたのだろうか。

女子大生が店舗の裏に入っていくと、慎二はPOS《ポス》レジのドロアーを開けた。締めの作業で間違いがないかを確認し、売上金をまとめて袋にしまう。最後に店舗の照明を落として裏に戻ると、事務室で父がお茶を飲んでいた。

「誤差はあったか?」

「めでたくゼロ。売上金はここに」

「あいかわらず手際がいいな。あれ、おまえが一番使いこなしているだろう」

慎二から袋を受けとった父は、中身を出して今日のデータと照らし合わせる。

一年ほど前まで「くろおや」で使われていたのは、最低限の機能を備えただけの旧型レジスターだった。それが壊れかけてきたので、思いきってタッチパネル式のPOSレジを購入したのだ。機械に疎《うと》い両親から、どれを買えばいいだろうかと相談された慎二は、調査の末に選び抜いた小売業向けのレジをすすめた。

『いまはポイントシステムをうまく活用して、リピーターを増やすんだよ。スタンプカードも悪くはないけど、たまったポイントから値引きしたほうがお得感が強いと思う』

『うむ……。たしかにそうかもしれん』

『ポイントはおまけみたいなものだけど、それをためること自体に快感を覚える人もいるから。もちろん、うちの和菓子が好きで常連になってもらえるのが一番だけど』

『ああ。今後も精進しなければ』

　新レジの導入にともない、それまで使っていたスタンプカードを廃止。ポイントシステムへの移行を提案すると、両親もそのほうがいいだろうと納得してくれた。

『あとはこれ。あらかじめ商品名と値段を登録しておけば、注文があったときにこのページのキーをタッチすれば、自動的に加算されていく。これなら間違った値段でレジ打ちするミスも減るんじゃないかな』

『ほう、それは便利だ』

『でも使い方がむずかしそうねえ。覚えられるかしら』

『おれが勉強しておくよ。どんな質問にも答えられるようにさ。だからとりあえず最低限の操作を覚えて、細かいことはゆっくり慣れていけばいいよ』

　慎二は何日もかけて分厚い説明書を読破し、実際のレジをあれこれ操作しながら使い方を学んでいった。やがて無事に操作法をマスターして、その知識をスタッフたちにわかりやすく伝授したことで、なんとか実用にこぎつけたのだ。

『うちの人間は、この手のことにはからっきしだからなぁ……。慎二が詳しくてよかったよ。大学まで行かせた甲斐《かい》があったな』

厳格でお客以外にはめったに笑いかけない父が、そのときは手放しで慎二を褒《ほ》め、微笑んでくれた。認めてもらえたのが嬉《うれ》しくて、誇らしくなったのを憶えている。

慎二が経済学部を受験したのは、文学や哲学などよりは、就職後に役立つかもしれないと考えただけのこと。当時は大学を最後のモラトリアムだと思っていたし、進学率が五割を超えたこの時代、誰もが輝かしい目標を抱いて入学してくるとは限らない。

――就職か……。

応接用のソファに腰を下ろした慎二は、大きな息を吐きながら天井を見上げた。

四倉はよりよい会社に入るため、資格をとって自分を高めようとしている。説明会に参加したという先輩も、いまは興味のある業界の中から、どの企業を受けるかをしぼりこんでいる最中なのだろう。

兄や星花は職人となり、ひたすらおのれの腕を磨いている。

周囲の人々はしっかり未来を見定めているというのに、自分はいまだにやりたいことが見つからない。胸の奥がチリチリと焦《こ》げつくような焦りを感じて、意味もなくそのへんを走り回りたいような衝動に駆られる。

（あーもう、どうすりゃいいんだよ）

なんだか無性にサッカーボールが恋しくなった。広い場所で思いきり、遠くまで蹴り飛ばしたい。

子どものころ、テレビで観戦した国際試合を思い出す。全力でボールを追いかけ、戦略に沿ってフィールドを駆け抜ける。そんな選手たちの活躍ぶりにあこがれて、慎二は親に頼んで近所のサッカークラブに通わせてもらった。

昔は努力さえすれば、いつかはプロの選手になれると信じていた。大きな夢が無限に広がり、どこにでも飛んでいけると思っていた。

しかし成長するにつれて、慎二は自分の限界を知ってしまう。プロになれるのはほんの一握りで、慎二よりも才能にあふれた子どもは山ほどいた。それが現実。

あれ以降、自分が何かになりたいと思ったことは、たぶんない。

不快な感情を持て余していると、父が声をかけてきた。

「お茶でも飲むか」

「……ああ」

父は急須に入っていた緑茶を湯呑《ゆの》みにそそぎ、ローテーブルの上に置いた。胃の中があたたかくなると、渦巻いていた焦りと不安が少し落ち着く。

「おまえ、四月に三年に上がっただろう。単位はちゃんととれているのか？」

「いまのところは順調だよ。一年のときからひとつたりとも落としてないし。成績についてはまあ……普通かな」

慎二が通っているのは私立の大学だ。高い学費を払ってもらっている以上、留年など言語道断。だからレポート作成は気を抜かないし、試験勉強もしっかりやっている。

大学は義務教育ではないし、高校よりも活動範囲が広がるけれど、何をしようと本人の自主性にゆだねられている。サークル活動やバイトに明け暮れ、徹夜で遊び回るのも自由だが、学問をおろそかにすれば留年という形でしっぺ返しを食らう。

「四年次でとるのは卒論くらいだし、今年度でほとんどの単位がそろうと思う」

「そうか。無事に卒業できるならそれでいい」

会話が途切れ、沈黙がその場を支配した。父は冗談が通じないから、場をなごますためにふざけることもできない。

(こういう場合は撤退が一番。とっとと退散しよう)

慎二は残っていたお茶に息を吹きかけて冷ましてから、一気に飲み干した。湯呑みを置いて、ソファから腰を浮かせかけたとき、父がふたたび口を開く。

「まだ先だが、就職についてはどうだ。方向性くらいは決めたのか？」

「それは……」

よりによってその質問か。無難な答えを探していると、父はさらに言葉を続けた。

「もし考えている最中だったら、うちで働くことも視野に入れてみないか?」

「え?」

慎二は両目をぱちくりとさせた。「うち」というのは「くろおや」のことか? しかし自分は職人ではないし、父のもとで修業をするつもりもないのだけれど……。

「職人として雇いたいわけじゃない。慎二にやってもらいたいのは経営の要《かなめ》――経理やコンサルティングの仕事だ。大学ではそのあたりのことを学んでいるんだろう?」

「そう、だけど……」

「腕のいい職人が何人いようと、経営のセンスがなければ店はつぶれる。うちの跡継ぎは一輝だが、あいつはよくも悪くも職人気質だからな。儲けを度外視して店が破綻《はたん》でもしたら、初代と二代目に申しわけが立たん」

「……」

「慎二には大学で勉強したことを生かしながら、一輝と協力して『くろおや』を盛り立てていってほしいんだ。もちろんこれはこちらの勝手な希望だから、ほかにやりたいことがあるなら邪魔はしない」

気がつけば、慎二は前のめりになって父の話に耳をかたむけていた。

職人ではなく裏方として、兄とともに「くろおや」を支える。跡取りはひとりいれば事足りるし、次男の自分はいてもいなくてもいいのだと思っていた。けれど父は、兄弟で店を守る道を選んでもかまわないと言うのか。

なおも困惑していると、父はこんな言葉で話を締めくくった。

「卒業までは時間があるし、いまは頭の隅《すみ》にでもとどめておいてほしい。最終的にどんな道に進んでも、倫理に反することでなければ、その決断を尊重しよう」


「次に学食に来たときは、絶対に食べようと決めてたんだよ。チキン南蛮」

週が明けた月曜日。あいかわらず混雑している学食で、四倉は特製のタルタルソースがたっぷり絡まった鶏モモ肉を頬張った。彼の向かいに陣取る慎二の前には、皮の部分に茶色い斑点《はんてん》が散った細長い果物が一本、無造作に置かれている。

「それが昼飯？　持ちこみバナナ？　なんでバナナ？　傷《いた》んだバナナ？」

「やっかましいわ。今日はこれしか食えないんだよ」

歌うように言った四倉を、慎二はじろりとにらみつける。

「あと、この斑点は傷みじゃなくて、シュガースポット。熟して糖度が高くなった証《あかし》だ。甘くて美味い、栄養も豊富。ありがたや」

店頭に並んでいる染みひとつないバナナは、見た目はきれいでも食べごろではない。少し置いて完熟になったときを見極めてこそ、バナナマスターへの一歩である。

バナナを拝んだ慎二は、おもむろに皮をむいたそれにかじりついた。果肉はねっとり甘く、香りもいい。腹持ちするともいわれているが、自分の胃袋では期待薄だ。

「寝坊してあわてて出てたから、財布をリュックに入れ忘れてさ……」

「プリペイドは？」

「チャージが切れてた。二十円しか残ってない」

「バナナは？」

「おやつに入ります。というか今日中に食べないと傷みそうだったから」

小腹がすいたときのため、出がけに通学用のリュックに突っこんでおいたのだ。まさかこのような形で役に立つとは。

そんな慎二をあわれに思ったのか、四倉がチキン南蛮を気前よく分けてくれた。

「このまえのお返し」

「ありがとう四倉さま！」

持つべきものは義理人情にあふれた友人だ。情けは人のためならず。

その友情に感謝しながら食事をすませ、慎二と四倉は連れ立って学食をあとにする。

建物から外に出ると、すぐそばには桜の王道、染井吉野《そめいよしの》の木が植えられていた。花は散りかけ若葉が芽吹き、葉桜の季節になろうとしている。

三時限目は空き時間のため、四倉は今日も図書館にこもって試験勉強にはげむらしい。

「慎二はどうせ来ないだろ?」

「おれは……」

脳裏《のうり》に浮かんだのは先日、父と交わした会話の数々。

高校を出てすぐに就職するのが嫌だったから、猶予《ゆうよ》がほしくて大学に進んだ。四年の間に就きたい職が見つかればと思ったが、二年が過ぎても変化がない。

そんな慎二に、父はひとつの道を示してくれた。自分が望めば、父は「くろおや」の正式な社員として迎えてくれるのだ。実家の商売を手伝うのは、自営業の家に生まれた者ならごく普通の選択。なんら恥ずかしいことではない。

たとえほかの会社で内定が出なくても、いざとなれば「くろおや」がある。就職先が決まらないまま卒業しても、路頭に迷うことはない。だから四倉のように、努力を重ねて自分の価値を高めていく必要はないのだ。

凸凹《でこぼこ》のない、きれいに舗装された一本道。そこでは地図もコンパスも使わない。先人がととのえてくれた道の上を、何も考えずに歩くだけ。楽ではあるが、それは自分の功績ではない。険しい道でも切り拓《ひら》き、自分の足で踏みかためながら進もうとする四倉のほうが、何倍もカッコいいとは思わないか？

目の前に伸びる二本の道。それらの先には何があるのか。

「じゃあな」

図書館に向かおうとした四倉の腕を、慎二は「待った！」と言ってつかんだ。

「やっぱりおれも一緒に行く」

四倉は意外そうに眉を上げ、「何をしに？」と問いかける。慎二は胸を張って答えた。

「それはもちろん、勉強のためだ。いまからでも遅くないだろ」

図書館にはきっと、試験の参考書があるはずだ。自分も彼を見習って、少しでもいいから向上したい。自分を必要としてくれた父に、期待以上のものを返すために。

ようやく目標を見据えた慎二は、力強い第一歩を踏み出した。

休日のバッティングセンターは、多くの人々でにぎわっている。

「ホ――ムラァ―――ン！」

甲高《かんだか》い雄叫《おたけ》びとともに、バットにあたったボールが爽快《そうかい》な音を響かせた。ぐんぐん飛距離を伸ばし、ネットの上へと飛んでいく。

「ね、慎二！　あれホームランでしょ。ホームランだよね？」

「マジかよ……」

慎二があんぐりと口を開けるかたわらで、初心者でありながらみごとな一発を叩き出した星花がはしゃいでいる。これはいわゆるビギナーズラックというやつだ。偶然偶然。慎二は頬を引きつらせながら、必死で自分に言い聞かせた。

動きやすい服装でと伝えていたので、星花は前が開いたパーカーに膝丈《ひざたけ》パンツといったいでたちで、足下はもちろんスニーカーだ。自分も似たような格好だが、モデル並みのスタイルを持つ星花は、慎二よりもわずかに背が高い。ふたり並ぶと、カップルではなく姉と弟だと思われることがよくあった。

「すっごく楽しい。連れて来てくれてありがとね」

「それならよかった」

先週は星花の仕事の都合で、約束が流れてしまった。今日はふたりとも予定がなかったので、一週間遅れのデートが実現したのだ。

どちらも学生だったころは、連絡をすればすぐに会えた。このさき慎二の就活がはじまり、社会人になった暁《あかつき》には、デートの回数はどれだけ減ってしまうのか。さびしくはあるけれど、それが大人になるということなのだろう。

「よーし、もういっちょ！」

初《しょ》っ端《ぱな》からホームランを出して調子に乗ったのか、星花は意気揚々と打席に立った。慎二よりも適当な構えだし、素振りの仕方もなっていない。幸運は続くまいと思っていたのに、どういうわけかヒットする。

「やったー！」

星花が片手でガッツポーズを決めた。連続で当たれば気分もいいだろう。見ているぶんには難なくやっていそうなのに、なぜ自分のバットには当たらないのか……。

「あーすっきりした。次は慎二ね」

星花はにっこり笑ってバットを差し出してくる。その可愛《かわい》らしい笑顔はずっと見ていたいけれど、いまはうまくこの場を切り抜けなければ。

「いや、その……ええと。あ、そうそう！　おれ、ゆうべからちょっと肩が痛くてさ。打つのは遠慮しておくよ。実に残念！」

「え、大丈夫なの？　病院行ったほうがいいんじゃ」

「も、問題ない。おれのことはいいから、好きなだけ打ち返してやれ」

「でも見てるだけじゃつまんないでしょ」

「大丈夫。おれは星花が楽しそうにしてれば満足だから」

「目が泳いでるよー？　ほんと、嘘《うそ》つくの下手《へた》だねえ」

慎二をからかいながらも、星花はそれ以上追及することなく打席に戻った。

星花は気にしないかもしれないが、人前でみっともない空振りを連続してさらすなんて沽券《こけん》にかかわる。つき合いが長く、お互いを知り尽くしているような相手であっても、情けない姿は見せたくない。

（けど、星花が楽しそうにしてれば満足……っていうのは本当だけどな）

元気にスイングする彼女の雄姿を、慎二は口元に笑みを浮かべながら見つめ続けた。

ピッチングマシンから投げられた球をすべて打ち返し、一ゲームが終わると、さわやかに汗をかいた星花がヘルメットを脱ぐ。

「あー疲れた。喉渇いちゃったよ」

「ちょっと休むか」

施設内には自販機を備えた休憩所があったので、そちらで休むことにした。

「ほら」

星花の好きな銘柄の炭酸飲料を買い、よく冷えたペットボトルを頬につけると、彼女はくすぐったそうに身をよじった。空いているベンチに並んで座り、慎二はコーラが入ったペットボトルのキャップをひねる。口をつけると強烈な炭酸が喉を刺激し、いい具合に体内に活が入ったような気がした。

「生き返る……」

「なんか部活の休憩時間を思い出しちゃった。このベンチがそっくりでね」

「ああ、わかるかも」

慎二は小学校からサッカー一筋だが、星花はバスケにテニス、ラクロスと、さまざまなスポーツにチャレンジしている。ラクロスはまだ知名度が低いけれど、進学した私立の女子高校の部活にあり、めずらしさに惹《ひ》かれたそうだ。

興味を持てばすみやかに、そして迷わず行動に移す星花は、新しい何かをはじめることに抵抗がない。

パティシエールの道を志《こころざ》したときも、それまで菓子づくりなどほとんどしていなかったにもかかわらず、桜屋洋菓子店の未来を守るために進路を変えた。専門学校に通って基礎を学び、父親に弟子入りした現在も、勉強するべきことは山積みらしい。一人前の職人として認められるのも、何年先になるのかわからないとか。

その日が来るのを夢見て、星花は日々の努力を怠《おこた》らず、店の繁栄にも貢献している。

（おれもいつかは……）

こぶしを握り締めたとき、星花が「そういえば」と話しかけてきた。

「昨日、お父さんから聞いたよ。慎二、大学を出たら『くろおや』で働くの？」

「なんだよ、もう知ってるのか」

慎二と星花の父親は、幼なじみで親友だ。きっと「ゆきうさぎ」で酒でも酌《く》み交わしているときに、ぽろりと口に出してしまったのだろう。

「卒業したらすぐってわけじゃない。四年になったら就活するつもりだし」

「そうなの？」

「いつかは『くろおや』で働きたいけど、その前にどこかの会社で経験を積んでおきたくて。めざすのはやっぱり経営系のコンサルティング業がいいよな。いま、夏休みにインターンやってる会社がないか探してるんだ」

「へえ……」

「評判のいい会社に勤めたいなら、いまから準備をはじめないと。一年なんてあっという間に過ぎるしさ」

これは先輩の受け売りだが、たしかにその通りだ。何事もはやいに越したことはない。

ふと横を見れば、星花が感激したような表情で両手を組んでいる。

「慎二がついに覚醒した……。お子様でお調子者でちゃらんぽらんだった慎二が……」

「なんか失礼なこと言ってるけど、おれはやるときはやる男だぞ。これからもっと活躍していく予定なんだから、ちゃんと近くで見てろよな」

星花の背中を軽く叩くと、「慎二もね」と同じ動作で返される。

甘ったるいカップルにはほど遠いが、それが自分たちの形だ。恋人同士というよりは親友に近く、ときにライバル、そして同志。対等な位置でお互いを高め合えるような異性はきっと、星花以外に存在しない。

気合いを入れると、体の奥から闘志の炎が湧き上がってきた。

力がみなぎり、いまならなんでもできそうな気がする。立ち上がった慎二は、ガラス張りの窓から見えるバッターボックスに狙いを定めた。

「人生、何事も挑戦だ！」

その後、慎二のバットは連続九回の力強い空振りを経《へ》たのち、十球目でついにクリーンヒットを飛ばしたのだった。

5　親子が揃う日

いまの望みはひとつだけ。

どうかもう一度、家族で一緒に暮らせますように。


その日は全身が軽く、足どりもはずんでいた。まるで背中に羽でも生えたかのように。

気分はまさに夢心地。自宅に着いた岩井《いわい》百合《ゆり》は、ふわふわした気分のまま、玄関のドアを開けた。中にいる母に向けて、明るい調子で呼びかける。

『ただいま！　お母さーん！』

百合は履《は》き古したスニーカーを脱ぎ捨て、家に上がった。

樋野《ひの》神社の近くにあるこの家は、三つ年上の兄、義彦《よしひこ》が生まれた年に建てたそうだ。それから十七年がたっているが、少し前に屋根を直し、外壁も塗り直したので、見た目はとてもきれいに見える。

通学用のリュックを背負い、制服を丸めて突っこんだ布製トートバッグを肩にかけたまま、百合は意気揚々《ようよう》とリビングに入った。果たして母はそこにいて、革張りのソファに腰かけ優雅に紅茶を飲んでいる。

汗まみれのジャージにTシャツ、部活の間にボサボサになったショートカットといういでたちの娘を見て、母はあからさまに眉をひそめた。

『帰ってきたらまず、お風呂場に行きなさいって言っているでしょう』

『あ、うん。わかってるよ。ちょっと報告があったから』

冷ややかな視線にひるんだものの、百合は気を取り直して続ける。

『あのね。私、競技会の代表に選ばれたんだ！　三〇〇〇メートル走！』

目を輝かせる百合とは対照的に、母は冷静な態度を崩さなかった。楽しい気分は消え失せ、後悔が胸をよぎる。大きな大会に出ることができれば、少しはよろこんでくれるかもしれない。そう思ったことが間違いだったのだ。

母は残っていた紅茶をゆっくりと飲み干し、つけっぱなしにしていたテレビを消す。室内が静かになり、代わりに外で遊ぶ子どもたちの声が聞こえてきた。

居ずまいを正した母が、ふたたび口を開く。

『あなた、まだ大会に出るつもりなの?』

母の口調は非難めいていて、それがいけないことのようだった。いや、彼女の価値観ではそうなのだろう。陸上部に入ったとき、母から言い渡されたのだ。部活を続けるのは二年まで。三年になったら退部して、受験勉強に専念しなさいと。

そのときは入部を許してもらいたい一心で、「わかった」と答えた。小学生のころから走ることが好きだった百合は、中学の陸上部で活動するのを楽しみにしていたのだ。

はじめは中距離の選手をめざしていたが伸び悩み、顧問から長距離のほうが向いているのではないかと言われて転向した。その後はぐんぐんタイムが伸び、競技会の代表に選ばれるくらいに成長したのだ。

フォームを研究し、食生活にも気を配り、一秒でもタイムを縮める。

夢中になって練習しているうちに、いつの間にか三年生になっていた。約束の期限は切れたが、母は何も言ってこない。だから二年間で気が変わり、夏の引退までやらせてくれるのかもしれないと安心していたのだ。

だが、そうではなかった。母はいまも、百合が陸上を続けることを望んでいない。

『その競技会とやらはいつなの?』

『五月のはじめ……』

『じゃあそれが終わったら退部なさい。それでも遅いくらいだわ』

『受験勉強はやってるよ！　これからもちゃんとやるから夏までは――』

『毎日朝練だの夕練だのとやっていて、勉強に集中できるわけがないでしょう。ただでさえ、あの学校を受験するにはぎりぎりの内申なのに。中等部が不合格で、このうえ高等部にまで落ちてみなさい。恥ずかしくて同窓会にも行けなくなるわ』

『……』

返す言葉もなくうなだれると、母は大きなため息をついた。

『スポーツがやりたいなら、希望の学校に入ってからにしなさい。義彦だって、真面目《まじめ》にお教室に通って頑張ったおかげで、第一志望の小学校に合格できたのよ。やるべきことをやったんだから、部活動に力を入れても文句はないわ。成績も落としていないし』

百合はきゅっと唇を引き結んだ。優秀で両親に従順な兄とくらべられるほど、腹の立つことはない。難関の私立小学校に合格し、高等部に上がってもなお成績のよい兄は、両親にとって自慢の息子だ。だが娘である自分は……。

『百合だって、小学生のころに言っていたじゃない。絶対にあの学校に入りたいって』

それは本音ではない。そう言うと母がよろこぶから、話を合わせていただけ。自分は母の母校ではなく、小学校の友だちと一緒に、近所の市立中学に行きたかった。

『あなたの成績を考えれば、とっくに塾に入っていないといけないのに。仮に夏まで部活をやったとして、合格する根拠がどこにあるの？　時間は待ってくれないのよ』

『……さい』

『声が小さくて聞こえないわよ。はっきり言いなさい』

心の中で、何かがブチっと音を立てた。堪忍袋《かんにんぶくろ》の緒《お》が切れたのだ。

勢いよく顔を上げた百合は、生まれてはじめて母の顔をにらみつけた。堤防が決壊するように、激しい気持ちがあふれ出す。

『うるさいな！　受験受験って、そんなにあの学校がいいって言うなら、お母さんがもう一度行けばいいでしょ。私を巻きこまないで！』

わめき散らす百合を見て、母は一瞬驚いたような顔をした。しかしすぐに表情を戻す。

『親を怒鳴りつけるなんて……。男の子にでも影響されたの？　やっぱり公立はだめね』

決めつけるような言葉に、怒りがさらにあおられる。母にとって、公立は私立に行けなかった子たちが集まる、ガラの悪い場所なのだ。

母は今度こそ、娘を自分の思う学校に入れようとしている。そこに百合の意志は関係ない。兄のように「いい子」であれば、母も父も満足してくれるだろうけれど。

『もう私のことはほっといて！』

叩きつけるように言った百合は、泣きながらリビングを飛び出した——

鳴り響くアラーム音が、岩井——いや、鈴原《すずはら》百合の意識を現実へと引き戻した。

「うう……朝か」

半覚醒した百合は、もぞもぞと右手を伸ばした。枕元でけたたましい音を立てるスマホをつかみ、地獄の使者よろしく布団の中へと引きずりこむ。目覚ましはスヌーズ機能を設定しており、五分ごとに知らせるようにしていたが。

ともすればくっついてしまいそうなまぶたをこじ開け、画面を見る。

デジタル表示の時計は、五時二十分を示していた。

「ひィ——」

謎の悲鳴をあげた百合は、布団を跳ねのけ飛び起きる。目覚ましは五時にセットしておいたのに、二十分もロスしてしまった！　忙しい朝は一分一秒が勝負だというのに。

カーテンを開けると、窓の外は夜の色が少しずつ薄れ、明るくなりはじめていた。夕方の日が沈みかけた空にも似ていて、なんだか不思議な気分になる。

（おっと。感傷にひたってる場合じゃなかった）

窓に背を向けた百合は、電気の紐《ひも》を引いて明かりをつけた。外はまだ作業をするには薄暗く、光が必要だったのだ。布団をたたんで部屋の隅《すみ》に押しやり、折りたたみテーブルの脚を開くと、四畳半の和室の中央に置く。

そこまで終えると、百合はスウェット姿のまま部屋を出た。いま住んでいるアパートは2Kで、キッチンは三畳半。ダイニングテーブルを置けるほど広くはないため、食事は和室でとっている。ほかには六畳の洋室があり、トイレと浴室は分かれていた。

駅からは徒歩で十二、三分。家賃は共益費を入れて五万二千円だ。さすがに築年数は古かったが、このあたりではかなりのお得な物件だ。

キッチンから脱衣所に入ると、浴室で干しておいた衣類が視界に入った。洗濯後、物干しロープを張って吊《つ》るしておいたのは、一組のジャージだ。今月に近所の市立中学校に入学したばかりの息子、郁馬《いくま》のものである。

「ちゃんと乾いたかしら」

鈴原家の洗濯機には、乾燥機能がついていない。ゆえに自然にまかせるしかなく、昨夜もそうしたのだ。幸いここは角部屋のため、浴室には格子《こうし》つきの窓がある。そこから風が入ってきたおかげで、ジャージはきちんと乾いていた。

「それにしても、派手にやったわねー」

ジャージをとりこんだ百合は、ズボンの膝《ひざ》に目を落とした。本人曰《いわ》く、部活のトレーニング中に外を走っていたとき、倒れていた古い看板に躓《つまず》いて転んだそうだ。怪我《けが》は膝を少し擦りむいた程度だったが、ズボンに穴があいてしまったのだという。

（たぶん針金にでも引っかけたのね）

百合は和室に戻り、座布団の上に腰を下ろした。

押し入れの中から出しておいた裁縫箱は、自分が小学生のころ、親に買ってもらった年代物だ。ポップな猫のキャラクターがプリントされたそれは、二十年以上が経過したいまも、現役で活躍している。

百合は裁縫箱の中から、針と黒糸、そして糸切りばさみをとり出した。裏から同じ色の布をあてて、手早く縫《ぬ》いつけていく。

こういうとき、裁縫が得意でよかったと思う。百合は中学生のころから、穴があいたりほつれたりしたジャージを自力で補修していた。母は娘の部活動に反対だったので、頼るわけにはいかなかったのだ。おかげで裁縫の腕は上がったのだが。

『ね、郁馬。この穴、アップリケでふさごうか。可愛い猫ちゃんとか』

『却下』

『郁馬が小さいころはよくやったのになぁ』

『それが可愛く見えるのは、せいぜい幼稚園児までだからな』

さすがに中学生にもなると、あのころのような無邪気な子どもの面影は、ほとんどなくなってしまった。ひとり息子の成長はめでたいものだが、少しさびしい。

ズボンの補修を終えた百合は、洗面所で顔を洗った。セミロングの髪は黒く、カラーリングはいっさいしていない。このまえ郁馬につむじの白髪を発見されてしまったが、まだ数本だというので放置している。

（三十七歳にしては少ないほう……だと思うのよ。白髪染めはまだまだ）

百合は百円ショップで買ったヘアクリップで髪をまとめ、朝食づくりにとりかかった。バスケ部に入った郁馬は、七時から朝練がある。そのため六時半には家を出るのだ。

朝から動き回るのだから、すぐにエネルギーになってお腹《なか》にもたれないものがいい。成長期なので筋肉をつくる食材も必要だ。

郁馬は六年生になったころから身長の伸びが加速し、比例して一度に食べる量も増えていった。以前、上に男の子を持つクラスのお母さん方から、中学に入れば食欲大魔神になるだろうと予言されたが、どうも的中しそうな気がする。

『鈴原さん、中学男子の食欲をナメちゃだめよ！　運動部は特にね！』

『うちなんか、小中高の三兄弟よ……。食費を考えただけで卒倒しそう』

(郁馬はバスケ部に入ったし、これからもっともっと食べるようになるんだろうな……)

そんなことを考えながら、百合は黙々と朝食の支度に精を出す。

ご飯は昨夜、寝る前に予約をしておいた。もうすぐ炊き上がるのか、炊飯器からはご飯のいい香りがただよってくる。百合はパンも好きなのだが、朝練がある日はエネルギー源になる糖質を多く含み、腹持ちもよいお米を主食にしていた。

汁物は昨日の夕食につくった豚汁《とんじる》を、あたため直して出すことにする。

特売で買った豚《ぶた》バラの薄切り肉をはじめ、里芋《さといも》やごぼう、ニンジンなどの根菜は欠かせない。さらに石づきをとった椎茸《しいたけ》や厚揚げも加え、具だくさんに仕上げた。

あたためた豚汁には、最後にバターを溶かしてコクを出す。昨夜とは少し違う味つけにして、わずかにでも変化をつけたかった。

(これだけで野菜がたっぷりとれるわ。あとはたんぱく質ね)

フライパンをとり出した百合は、鉄板の上に脂身《あぶらみ》の多いベーコンを広げてから、コンロの火をつけた。郁馬はカリカリのベーコンが好きなので、にじみ出てくる脂はその都度キッチンペーパーで吸いとっていく。軽く焼き色がついたところで裏返し、卵をふたつ割り入れた。ベーコンが焦《こ》げないよう気をつけながら、弱火で焼いていく。

(そして私はお日様みたいな目玉焼きが好き)

水を加えて蒸し焼きにすると、黄身の部分が白くなってしまう。百合は蓋《ふた》をしないで焼き、白身がかたまったところで塩コショウをふった。味をととのえ、形を崩さないよう気をつけながら、お皿の上に移していく。

「できた！」

完成したのは朝食の定番であるベーコンエッグ。目玉焼きは色あざやかなサニーサイドアップだ。買ってきたポテトサラダを器《うつわ》に盛りつけ、最後にトマトを切っていると、洋室のドアがギィ……と音を立てて開いた。

中からぬうっとあらわれたのは、白い長袖《そで》Tシャツにスウェットのズボンを穿《は》いた郁馬だった。髪には寝ぐせがつき、まだ眠いのか、いまにもまぶたがくっつきそうだ。

「おはよー」

「おはよう。顔洗ってしゃっきりしてらっしゃい」

「んー」

ひとつあくびをした郁馬は、寝ぼけ眼《まなこ》でキッチンを横切っていく。百合とすれ違ったとき、息子の肩は自分よりも少しだけ上にあった。二月に制服の採寸をしたときは、たしか百合と同じ一六〇センチだったけれど、この二カ月でまた少し伸びたのだろう。

（制服、やっぱり一度は買い替えることになるかも……）

成長を見越してやや大きめにつくったものの、そうなったらしかたがない。

和室のテーブルに朝食を並べ終え、テレビをつけて朝のニュースを観ていると、身支度を終えた郁馬が入ってきた。寝ぐせは戻り、顔を洗ってすっきりしたようだ。座布団の上に座った郁馬は、「いただきまーす」と言って、いそいそと箸《はし》をとる。

「ベーコンうめー！　やっぱりカリカリが一番だよな」

「そこに半熟の黄身を絡めるのが、またいいのよ」

箸の先で目玉焼きを崩した百合は、とろりと流れ出た黄身にベーコンを絡め、口に運んだ。脂を飛ばしたベーコンのかたい食感と、やわらかい半熟卵の相性は抜群。嚙《か》めば嚙むほど、ベーコンの旨味《うまみ》が口の中に広がっていく。

「このポテサラ、『ゆきうさぎ』の？」

「そうよ。雪村《ゆきむら》さんに安く売っていただいてね。応用がきいて便利なのよ」

百合が「ゆきうさぎ」のパートタイマーとして働き出してから、一年と四カ月。ランチタイムの調理補助と接客が主な仕事だ。駅ビル内のスーパーでレジ打ちパートもかけもちしており、それらの収入で郁馬を食べさせている。

大樹《だいき》はいろいろな料理のレシピを惜しげもなく教えてくれるが、ポテトサラダだけは秘密にしている。長く一緒に働き、恋人同士になった碧《あおい》にさえも。

『このレシピを教えるとしたら、それは俺の次に「ゆきうさぎ」の店主になる人です』

後継者だけに代々伝わる秘伝のレシピ。複雑で手の込んだごちそうかと思いきや、誰でもつくれるような料理とは意外だ。

『ポテトサラダはああ見えて奥が深いですよ。それぞれの家庭や店、ひとつとして同じ味はありませんからね。芋の種類やつぶし方、調味料の配合の違いでバリエーションは広がるし、中に入れる具材も自由度が高いですから』

そのまま食べてもおいしいけれど、ポテトサラダはさまざまなアレンジもきく。

衣をつけて揚げてみたり、ホワイトソースに混ぜてグラタンにしてみたり。卵と合わせてスペイン風のオムレツにしてもおいしかった。どれも大樹が賄《まかな》いにつくってくれたもので、家でもつくりたいと言うと、こころよくアレンジ用のレシピを教えてくれたのだ。

「ごちそうさまでした！」

ベーコンエッグにポテトサラダ、豚汁と大盛りご飯を平らげた郁馬は、歯を磨いてから中学指定のジャージに袖を通した。

「ズボンの穴、ふさいでおいたわよ」

「ほんと？　よかったー。買ったばかりなのにごめん」

「気にすることないわ。穴はどれだけあけてもいいけど、怪我には注意しなさいね」

「了解」

支度を終えた郁馬はリュックを背負い、玄関でスニーカーに履き替えた。百合は制服の学ランとズボン、そしてYシャツをきれいにたたみ、トートバッグの中にしまう。

「郁馬、これ制服ね」

「サンキュ。今日は仕事、何時に終わる?」

「八時半くらいよ。郁馬は?」

「夕練あるから七時近くかなー」

「じゃあ帰りに商店街に寄って、これ買ってきてちょうだい。お腹がすいたらコンビニでパンとかおにぎり買っていいから」

買い物メモを渡すと、郁馬は「わかった」と言って受けとった。リュックのポケットにねじこむ。息子は百合が仕事で遅くなっても、先に夕食をとることはしない。だから小腹を満たすための間食が必要だった。

「気をつけてね」

「行ってきまーす!」

ドアを開けた郁馬は、元気よく外に出て行った。すぐに「おはようございます!」と声が聞こえてきたから、アパートの住人と鉢合《はちあ》わせたのだろう。

郁馬を見送った百合は、コーヒーを淹《い》れてひと息ついた。

現在、六時半過ぎ。「ゆきうさぎ」の仕事は十時からなので、しばらく時間がある。この間に掃除や洗濯などの家事をやるのがルーチンワークとなっていた。これから夜までは忙しい時間が続くから、いまのうちに英気を養っておかなければ。

「うふふ」

にんまり笑った百合は、自分のバッグの中から四角い箱をとり出した。桜屋《さくらや》洋菓子店で購入した、六粒入りのトリュフである。たかが六粒とあなどるなかれ。これだけでもお値段は千円を超えているのだ。自分にはめったに手を出せない贅沢《ぜいたく》品。

郁馬に見つかるとうるさいので、探されない場所に隠したから、気づかれてはいないだろう。息子には質より量。このような高級チョコは、子どもにはまだはやい。そんなことを考えながら、百合は淹れたてのコーヒーの味を楽しんだ。

期待に胸を躍《おど》らせながら、箱を開ける。宝石のようなトリュフを一粒つまみ上げ、ゆっくりと口の中に入れた。とたんにカカオの豊かな香りが口内に広がる。

(くうー……おいしい)

ローストしたアーモンドを、なめらかなミルクチョコレートで包んだトリュフを堪能した百合は、その一粒だけで箱を閉めた。一日一粒にすれば、六日間も楽しめる。

秘密の贅沢でリフレッシュできたので、気合いを入れて朝食の後片づけをはじめる。今日は生ゴミの日だったから、袋にまとめて口を縛った。家を出てアパート専用のゴミ捨て場に向かうと、そこで二軒隣の奥さんと会った。

「あら鈴原さん。おはよう」

「おはようございます」

自分よりも十五は年上に見える彼女は、笑顔で話しかけてくる。

「そういえばさっき、おたくの郁馬くんと会ったわよ。元気に挨拶《あいさつ》してくれて、こっちもいい気分だったわ。ジャージ姿だったけど、部活でもやってるの？」

「ええ。バスケ部に入って」

「あら！　格好いいじゃないの。でも親は大変よねえ。朝ははやいし準備もあるし」

「そうですね。でも、本人がやりたいと言ったことなので。親としては応援したくて」

ゴミを捨てて家に戻ろうとしたとき、アパートの前の道を、ひとりの女子中学生が通りかかった。郁馬と同じジャージに身を包んだ彼女は、何部の子なのだろう？　さっぱりとしたショートカットが印象的で、その姿が昔の自分と重なった。

（あの子はお母さんやお父さんから、ちゃんと応援してもらっているのかしら……）

過去の苦い記憶がよみがえり、百合は少し顔をゆがめた。

――私は誰にも応援してもらえなかった。母にも、父にも、そして兄にも。

多忙の父は仕事であちこちを飛び回っていたので、あまり接点がなかった。専業主婦の母は百合と兄の教育に力を入れ、どれだけよい学校に合格することができたかで、子どもたちの価値をはかっていたような気がする。

兄は父とよく似た個人主義者だったから、妹が何をしようと、さほど気に留めることはなかった。百合は勉強よりも陸上競技に情熱をささげていたため、反対する母と折り合いがつかず、対立した。

母に対する不信感はあったものの、約束は約束だったので、部活を引退した百合は猛勉強をして志望校に合格した。母の母校に通いはじめてからも陸上は続けたが、部内でエースになれても記録は伸び悩み、思うような走りはできなかった。

高校入学後、母は手のひらを返したように優しくなったが、それを無邪気によろこべるほど子どもではなく、ただ不信感が増しただけ。百合は次第に家族のもとから離れたいと思うようになり、短大の進学をきっかけに家を出たのだった。

(私は絶対に、お母さんのようにはなりたくない)

子どもを自分の都合でふり回して、やりたいことを邪魔するような親にはならない。だから郁馬の夢は応援するし、できる限りのサポートもする。

遠ざかる少女の背中を見つめながら、百合はそんなことを思っていた。


正午からの一時間。「ゆきうさぎ」の店内は、客席も厨房《ちゅうぼう》も非常にせわしなくなる。

「スズちゃーん、注文頼むよー」

「はい！」

「あ、こっちもお願いします。あとお水を一杯いただけますか」

「かしこまりました！」

「うわっ！　ごめん、お茶こぼした！」

「火傷《やけど》されてないですか？　すぐに片づけますので！」

「すみませーん。お勘定お願いしまーす」

「はいただいまー！」

昼休みを迎え、「ゆきうさぎ」には今日も近所で働く人々が集まっていた。

商店街には蕎麦《そば》屋に寿司《すし》屋、洋食レストランに喫茶店など、「ゆきうさぎ」以外の飲食店も点在している。商店街の発展のため、共通のスタンプカードを発行しており、指定の数がたまれば食事代を割引したり、一品をサービスしたりしていた。

昼休みは限られているから、いかに素早く注文をとり、料理を出すことができるかが重要だ。調理は普段、大樹と零一《れいいち》が交代で担当しているのだが、混み合う曜日はふたりとも出勤する。今日はその日ではなかったので、厨房に立つのは大樹だけだ。

一年以上も働いていれば、この程度の混雑にはひるまない。百合はてきぱきと業務をこなし、トラブルにも冷静に対応した。コマネズミのようにくるくると動き回っているうちに時は過ぎ、いつの間にか十三時を過ぎていた。

「ふうっ……。今日も無事に乗り切ったわね」

「お疲れさまでした」

百合が大きな息をつくと、カウンターの内側にいた大樹が笑いかけてくる。

「足、立ちっぱなしで痛くありませんか？　よかったら少し休憩してもいいですよ」

「ありがとうございます。でも大丈夫ですよ。お手伝いします」

店主の気遣いに感謝しながら、百合は大樹と同じ厨房に入った。食べ終わった食器が山積みになっていたので、スポンジに洗剤をつけて洗いはじめる。

「そういえば、雪村さん。タマちゃんはあれからお店に来ました？」

先月までここでバイトをしていたタマこと碧は、今月から隣の市にある高校で、教員として勤めはじめた。以降はお客として来ると言っていたが、百合はまだ会っていない。

「夜に二、三度来ましたよ。スズさんはランチタイムのシフトだから、なかなか会う機会がないですよね」

「そうだったんですか。仕事帰りだと、やっぱり夜になっちゃうわよねえ」

「ええ……」

作業の手を止めた大樹は、なぜか遠い目になった。ぼそりと言う。

「タマが職場の近くで、美味《うま》い定食屋を見つけたそうなんです」

「あら」

「値段も安いし、昼ご飯にちょうどいいってよろこんでいました。新しい店を開拓するのは楽しいですよね。そこが気に入ればなおさら。タマの食欲が満たされるならいいことだとは思ったんですけど……なんだろう。なんと言えばいいのか」

「複雑？」

百合の言葉に、大樹は少し考えてから「そうか」とうなずく。

「複雑……たしかにそうなのかも。タマがベタ褒《ぼ》めするくらい美味い店は俺だって気になりますけど、ライバル店になるほど近所じゃない。ならどうしてこんなに複雑なのかと言えば、今後のタマの胃袋を満たすのが、『ゆきうさぎ』じゃないからなんだ」

「たしかに、お昼休みのたびにここまで通うのはむずかしいですね」

「まあ……夜は飲みに来てくれるわけだし。贅沢は言うまい……」

ぶつぶつとつぶやいた大樹は、ようやく自分を納得させて作業を再開した。

(要するに、雪村さんはその定食屋さんに嫉妬《しっと》しちゃったってことね。ほかの男の人じゃなくて、お店が相手ってところがおもしろいけど)

なんとも彼らしい嫉妬の方向に、思わず笑みが漏れてしまう。

顔立ちや性格は文句なしのいい男だし、三十歳が近くなってきたことで、大人の魅力も増している。その人柄と料理の腕で、「ゆきうさぎ」の女性客をとりこにしている店主だけれど、恋愛面は意外に少年らしくて純情だ。彼のお相手である碧も似たような雰囲気の持ち主だから、ふたりを見ているとほのぼのしていて微笑《ほほえ》ましくなる。

(なんていうか、二匹の猫が仲良く日向ぼっこをしているのを見ている感じ)

それでも大人の恋人同士なのだから、百合が知らないふたりの交流もあるだろう。そのあたりの俗的なものをまったく感じさせないのは、ふたりがまとう、あたたかでやわらかい空気のおかげだと思う。

「――あ、そろそろラストオーダーの時間ですね」

ランチタイムは十四時までなので、その二十分前にオーダーを締める。追加注文の有無を訊《き》くために、百合は皿洗いを中断し、濡れた手を布巾《ふきん》で拭く。

カウンターの外に出たとき、がらりと格子戸が開いた。時間的に本日最後のお客だ。

「いらっしゃいませ。ラストオーダーになりますが、よろしい――」

お客が頭に巻いていた手ぬぐいをはずした瞬間、百合は「あっ！」と声をあげる。

「こんにちは。食事、とってもいいですかね？」

作業着姿であらわれた夫が、汗でずれた眼鏡を少し押し上げた。


「いらっしゃいませ、鈴原さん。ご無沙汰《ぶさた》しています」

「ぎりぎりで申しわけない。仕事が長引いてしまったもので……」

大樹が気さくに声をかけると、夫――鈴原康央《やすお》もまた、親しげに返した。

家庭の事情で一年半前から別居している夫は、妻が「ゆきうさぎ」で働いていることを知っている。以前に一度来店して、挨拶をしていったからだ。

今日は作業着のままだから、昼休みを利用して寄ったのだろう。しかし夫の職場は隣の市にあり、ふらりと入店するには遠すぎる場所なのだが……。

じっと見つめる妻の表情を読みとった康央は、「大丈夫」と微笑んだ。

「今日の現場、この近くなんだ。食べ終わったらすぐに戻れる」

「ああ、そうなの。だったらいいけど」

康央は現在、建設系の下請け会社で働いている。五十歳の夫は痩《や》せ型で、体力にあふれているとも言えないけれど、家族のために頑張って肉体労働に従事していた。

「席、空いてるところならどこでもいいわよ」

「じゃあ……」

店内を見回した康央は、奥にある小上がりを選んだ。靴を脱いで畳《たたみ》に上がると、ほっとしたように力を抜く。

「注文はどうする？」

「そうだなぁ……。午後からも体力勝負だし、ここはガッツリ食べておかないとな」

しばらくお品書きとにらめっこをしていた康央は、やがて数量限定のビーフカツ定食が残っているかたずねてきた。運よく最後の一食があったので、それを注文する。

オーダーを通すと、大樹はまな板の上に牛モモ肉の薄切りを広げた。スライスしたチーズと大葉を一枚載せて、次の牛肉を重ねる。そうして三枚ぶんを重ね終えると、小麦粉に溶き卵、そしてパン粉の順に衣をつけていった。

「あ、キャベツが切れてる。スズさん」

「はーい」

ストックしておいた千切りキャベツが切れたため、百合は冷蔵庫から新しいものをとり出して刻んでいった。大樹に鍛えてもらったおかげで、千切りはお手の物。さらにほかの副菜を用意している間に、大樹は衣をつけたビーフカツを、熱した揚げ油に投入した。

（ああ……この音！）

油がぱちぱちとはじける音に、思わず聞き入ってしまう。ちらりと視線を向けると、油につかった衣の表面が、うっすらときつね色になりはじめたところだった。

しばらくして揚がったビーフカツは、両面ともにこんがりと焼き色がついている。

網を敷いたバットにとって油を切り、包丁を入れると、揚げたて特有のざくっという音が鼓膜を刺激した。いくつかに切り分けてからお皿に盛りつけ、千切りキャベツとミニトマト、そして自家製ポテトサラダを添えれば完成だ。

百合はお盆の上に、できあがったビーフカツのお皿を載せた。ご飯とお味噌《みそ》汁、お新香《しんこ》の小鉢も置いて、小上がりへと運ぶ。

「お待たせしましたー」

座卓の上に定食を置くと、康央の目は妻ではなく、ビーフカツに釘付けになった。なんだか悔しい気もするが、大樹が手がける揚げ物の魅力に勝てる気はしないので、しかたがない。康央はおしぼりで手を拭くと、おもむろに箸をとった。

「いただきます」

康央がビーフカツを口に入れ、嚙み締めた瞬間、衣がザクザクと歯切れのよい音を立てた。牛肉に挟まれたチーズはほどよくとろけ、大葉の香りと味わいが、しつこさを緩和している。消化を助ける働きのある千切りキャベツと合わせれば、胃がもたれることなくさっぱりと食べられることだろう。

「美味い……！　揚げ物はご飯が進むなぁ」

「ご飯のお代わりは自由だけど、いる？」

「うん、もらえるかな」

炊飯器の蓋を開けた百合は、夫のお茶碗《ちゃわん》にふっくらと炊けた白米をよそう。

目の前で、家族がおいしそうにご飯を食べている顔を見るのは嬉《うれ》しい。自分がつくったものでなくても、その笑顔は自分を幸せな気分にしてくれるのだ。

やがてビーフカツを食べ終えた康央は、「ごちそうさまでした」と言って、満足そうに箸を置いた。百合が持ってきた食後のお茶を、のんびりとすする。

「前にも一度食べたけど、やっぱり『ゆきうさぎ』の料理はいいな。ここで働けば賄いも出してくれるんだろ。百合がうらやましいよ」

「賄いだけじゃなくて、残り物もいろいろいただけるから助かっているわ」

「へえ……」

「郁馬も中学生になって、前よりもたくさん食べるようになってきたし。これから成長期になって、ますます食費もかかっていくでしょう？　たしかに生活に余裕はないけど、郁馬にひもじい思いだけはさせないように頑張らないと」

百合の言葉を聞き、康央は申しわけなさそうにうつむいた。

「苦労をかけてすまない。本当は僕が、百合と郁馬を養うべきところなのに」

「郁馬はともかく、私は平気よ。自分の食い扶持《ぶち》くらいは自分で稼ぐわ」

百合と郁馬、そして康央の親子三人が別居しているのは、単身赴任や不仲といったような理由ではない。

康央は以前、義父が若いころに立ち上げた製造関係の工場で働いていた。下請けの下請けといったような小さな町工場だったが、少ない社員たちに毎回、それなりのボーナスを支給できるくらいには利益を生み出していた。

しかし、バブル崩壊以降は坂を転がり落ちるように業績が悪化し、資金繰りに苦労するようになった。そしてついに立ち行かなくなり、多額の借金を背負って倒産してしまったのだ。借金については、資産として保有していた土地や建物を売却したことで八割以上は返せたが、残りはいまも、夫が働いて得た給料の中から返済している。

（結局、お父さんたちが言っていた通りになっちゃったのよね……）

百合が康央と出会ったのは、いまから十七年前のこと。

短大を卒業した百合が、康央の会社に事務として入社したことがきっかけだ。なかなか仕事に慣れずに戸惑う自分に、ひと回り以上年上の康央は優しく接してくれた。仕事は百合が理解するまで繰り返し教えてくれたし、地味だが誠実で、他人に対して思いやりもある。そんな人柄に惹《ひ》かれ、自分から想いを告げたのだ。

結婚を決めたのは、つき合いはじめてから三年目のこと。康央の両親はよろこんでくれたが、百合の両親はいい顔をしなかった。当時、義父の会社はすでに業績不振で困窮《こんきゅう》していたのだ。肩書きを重視する母は、康央が大手企業の社員でも公務員でもない、弱小町工場の跡取りということも気に入らず、結婚を反対された。

『困ったな……。どうすれば向こうのご両親は納得してくださるんだろう』

康央はなんとかして許可を得ようとしたが、百合は無駄なことだとわかっていた。あのふたりが、彼を娘婿《むこ》として認めることは、おそらくない。認めるとしたら、兄に匹敵する経歴の持ち主くらいしかいないだろう。

『百合、考え直したほうがいいわ。お相手なら私たちが探してきてあげるわよ。このご時世に町工場の嫁なんて、絶対に苦労するわ。やめておきなさい』

『ああ。親として認めるわけにはいかん』

フラットな気持ちで考えるのなら、両親の言うことには一理あった。子どものころから愛情をそそいでくれ、百合が彼らに対して、なんの不信感も持たずに育つことができたのなら、忠告を受け入れたかもしれない。

だが、そうではなかった。だから百合は、許しを請わずに康央と結婚したのだ。

そして郁馬が生まれ、自分は母親になった。康央との結婚も、郁馬を産んだことも、後悔はしていない。両親の予言通りに生活には苦労しているが、だからといって時間を戻したいとは思わなかった。

「そういえば、お義父《とう》さんたちはどう？　元気にしてる？」

康央の動きが止まった。湯呑《ゆの》みを置き、言葉を探すようなそぶりを見せる。

「どうしたの。まさか容体が悪化したとか――」

「いや、それについては現状維持で……。母さんのほうは健康だよ。パートの仕事も元気に行っているし。むしろ僕より体力があるんじゃないかって思うくらいだ」

「そう……よかった」

百合はほっと胸を撫《な》で下ろした。義母が元気だと聞いて安心する。義父があのような状態なのに、義母まで倒れてしまっては大変だからだ。

義父――康央の父は数年前、認知症の診断を受けた。

妻と息子はなんとか認識できるのだが、百合と郁馬が誰なのかがわからなくなり、混乱してときに暴力をふるうまでになってしまった。ふたりが視界に入らなければ落ち着くため、百合は郁馬を守るために家を出て、別の場所に移り住んだ。

はじめはお金がなかったので、しかたなく実家に身を寄せていた。

頭を下げて同居を許してもらったものの、やはり両親は自分のことをよく思ってはいなかった。孫を可愛がる様子もなく、嫌気がさした百合は予定よりもはやく実家を出て、いまのアパートに引っ越したのだ。

義母と康央は現在も、義父と一緒に住んでいる。行政の介護サービスをうまく利用しながら、交代で面倒を見ているそうだ。百合も手伝いに行きたいのは山々だが、また混乱させてはいけないので、そちらには行っていない。

(お義父さん……本当は優しい人なのに)

実父が冷たかったから、百合は康央とよく似た気質の義父を慕っていた。だからこそ変わってしまった姿を思い出すと胸が痛む。

「ね、康央さん。お義父さんがデイサービスに行っているとき、またお義母さんをうちに呼んでご飯を食べましょう」

暗くなった気分をふり払いたくて、百合はつとめて明るく話しかけた。

「おばあちゃんが遊びに来てくれたら、郁馬もよろこぶだろうし。このまえは鍋パーティーだったから、今度はお好み焼きなんてどうかしら？　本当はお義父さんとも一緒にやりたいけど、せめてお義母さんだけでも」

百合の顔を見上げた康央は、ふわりと微笑み「ありがとう」と言った。

「こんなことになったのに、百合はまだうちの両親を好いてくれるんだな……。感謝してもしきれないよ」

「あいかわらず大げさねー。ほら、そろそろ仕事に戻ったほうがいいんじゃないの？」

「おっと、いけない。居心地がいいからつい」

時刻は十四時をとうに過ぎていた。ランチタイムを終えて店を閉めた大樹は、こちらに声をかけることはなく、そっとしておいてくれている。

「雪村さん、すみません。長居してしまって」

「お気になさらないでください。また食べに来ていただけると嬉しいです」

会計をすませた康央は、肩にかけていた手ぬぐいを、ふたたび頭に巻きつけた。

「お仕事、頑張ってね。怪我にはじゅうぶん気をつけて」

「ああ。行ってくるよ」

格子戸に手をかけた康央は、一瞬何かを考えるように動きを止めた。

「どうしたの？　忘れ物でもした？」

「いや……」

ゆっくりとふり向いた康央は、首をかしげる百合の顔を見つめながら口を開く。

「まだ確定じゃないから、今日言うのはやめておこうと思ったんだけど……」

「え？」

「やっぱりはやく知らせたくて、気がついたらこの店に来ていたんだ。だから話すよ」

夫から「その話」を聞いた百合は、驚きに目を見開いた。


「では、今日はここまでにしましょう。一年生は片づけをしてから帰ってくださいね」

「はいっ！」
二、三年生の練習試合が終わったとたん、鬼のような顔つきで檄《げき》を飛ばしていた男性顧問の表情が、憑《つ》き物が落ちたかのように変化した。つり上がっていた眉が下がり、仏《ほとけ》のごとき微笑みを浮かべる。
（いつ見てもすげー豹変《ひょうへん》ぶり）

授業中の「仏先生」しか知らない生徒が、「鬼顧問」の顔を見たとき、いったいどのような反応を見せるのだろうか。

郁馬がぼんやりしているうちに、周囲の新入部員たちが動きはじめた。ただ突っ立っている部員は上級生に見とがめられるので、郁馬もあわててその場を離れる。あちこちに転がっているボールを拾い集め、カゴの中へと入れていった。

「ああ、愛《いと》しのボール……。俺たちが試合できるのっていつになるのかなぁ」

近くにいた同級生が話しかけてきたので、郁馬は「まだまだだろ」と答える。

「俺、小学校のミニバスチームじゃエースだったんだけどなー」

「おれだってそうだぞ。でもここは中学なんだから」

「わかってるよ。けどさ、来る日も来る日も筋力トレーニングだの柔軟だの先輩のパシリだの……。新入部員はつらいよなぁ」

「悔しいなら一年頑張って、自分が『先輩』になるんだな」

「一年なんて長すぎる！」

「――こら！　そこの一年、口より手を動かせ！」

部長から雷が落ち、郁馬たちは「ひゃっ」と首をすくめた。顔を見合わせて苦笑いをしてから、おとなしく片づけに集中する。

部活動が終わり、スニーカーを履いて体育館を出ようとしたときだった。何者かが風のように郁馬の横を駆け抜けていく。

「鈴原、またなー！」

「……………おう」

一瞬で走り去っていったのは、さっきの同級生だった。

クラスは違うけれど、自分の名前を覚えてくれたことが嬉しくて、ひとりでにやりとしてしまう。明日の朝練で会ったら、こちらから先にあいつの名前を呼んでみよう。靴脱ぎ場から外に出た郁馬は、はずむような足どりで帰路についた。

途中で母から頼まれた買い物をすませ、裏通りに建つアパートに帰宅する。商店街に近く、条件もよいということで、母は自分の実家からこちらに移り住んだ。母の両親は郁馬の目から見ても、あまり好きになれそうにない人たちだったから、引っ越すことになったときは心底ほっとしたものだ。

「ただいまー」

鍵を開けて誰もいない家に上がった郁馬は、リュックを自分の部屋に放りこむと、すぐさま浴室に向かった。どうやら部活後の足の臭《にお》いがすさまじいらしく、帰ってきたらまず足を洗うか、シャワーを浴びろと言われているのだ。

（そんなに臭うかなぁ。自分じゃよくわかんないけど）

郁馬は脱ぎ捨てたジャージと下着を洗濯カゴに放りこみ、浴室に入った。熱いシャワーを浴びてすっきりしてから、適当な部屋着に着替える。

（お母さん、帰りは八時半くらいだって言ってたっけ）

学校から帰ったとき、母がいないのにはもう慣れた。母は郁馬を養うために、遅くまで働いてくれているのだ。

たしか勤め先のスーパーでお惣菜《そうざい》を買ってくると言っていたから、自分はご飯の支度をしよう。郁馬は慣れた手つきで米をとぎ、炊飯器のスイッチを入れた。味噌汁もつくろうかと思ったが、市販の出汁《だし》も煮干しもなかったため断念する。インスタントのお吸い物があったから、今夜はこれを飲めばいい。

自分にできる準備を終え、和室に寝転がってバラエティ番組を観ていたとき、玄関の鍵が開く音を耳にとらえた。部屋を出てキッチンの電気をつけると、長ネギが飛び出たエコバッグを肩にかけた母が、「ただいま」と笑う。

「何か食べた？」

「何も」

「ええっ？　それじゃお腹ぺこぺこでしょ」

驚いた母はすぐに夕食の支度をした。すでに炊いてあったご飯をよそい、ポットのお湯でお吸い物をつくる。透明なパックに入ったコロッケやメンチカツは、お皿に移すと洗うのが大変だから、そのままだ。

「いまはなんでも売ってるから、料理ができなくてもぜんぜん問題ないわよね」

あらかじめカットされたサラダが入った容器を座卓に置いて、上から和風ドレッシングをかけながら母が言う。郁馬としては、母の負担が少しでも減るのなら、出来合いのお惣菜だろうが弁当だろうが気にしない。

母と息子がそろったところで、遅い夕食がはじまった。

（スーパーのコロッケ……これはこれでおいしいけど、やっぱり『ゆきうさぎ』にはかなわないな。メンチもそうか）

あの小料理屋の店主がつくる、サクサクの揚げたてコロッケは絶品だ。大ぶりで丸っこいゲンコツみたいなメンチカツも、一度食べたらやみつきになる味だと思う。

（あんな揚げ物が家でつくれるようになったら、お母さんもよろこぶだろうな）

ソースをたっぷりかけたコロッケを完食し、二個目に箸が伸びたとき、母がおもむろに口を開いた。

「あのね。今日、お父さんが『ゆきうさぎ』に来たのよ」

「えっ、ほんと？」

「近くで仕事をしていたんですって。いきなり来るからびっくりしちゃった」

父と別居するようになってから、いつの間にか一年半以上の月日が流れた。はじめはさびしかったが、いまは母との暮らしにも慣れ、おだやかに過ごしている。

父は定期的に会いに来てくれるし、父方の祖母と一緒に食卓を囲むこともある。できることならもう一度、家族で同じ家に住みたいと夢見ることはあるけれど、それが果たして何年先のことになるのか、郁馬にはわからなかった。

「そのとき、お父さんから聞いたの。近いうちに、おじいちゃんが特養に入ることが決まりそうだって」

「トクヨウ？」

「ええと、特別養護老人ホーム……。つまり、専用の介護施設でおじいちゃんをあずかってもらえることになりそうなの。まだ契約したわけじゃないから、お父さんも黙っているつもりだったんだけど、気が急《せ》いたみたいね」

母の話では、以前から申しこみはしていたのだが、なかなか空きが回ってこなかったらしい。だがこのたび、ようやく入所ができる見込みになったのだという。父と祖母が介護で疲れているのは知っていたから、事情を聞いて納得する。

祖父が介護施設に入れば、これまで家で世話をしていた父と祖母の負担は、ほとんどなくなる。祖父は家を離れたくないかもしれないし、そうだとしたらかわいそうだなとは思うけれど、自分のような子どもが口を出せるような問題ではないのだろう。

「でも、施設ってやっぱりお金がかかるよね？」

「民間よりは安いけど、それなりにはね。そこは私とお父さん、あとおばあちゃんで協力して払っていくわよ。郁馬が心配することじゃないから大丈夫」

郁馬を安心させるように笑った母は、「それでね」と続けた。

「入所が決まったら、おばあちゃんは施設の近くでひとり暮らしがしたいんですって。近くなら何かあっても駆けつけやすいし、おじいちゃんにもすぐ会いに行けるからね。だからお父さんは、私と郁馬に戻ってきてほしいって」

「え……」

「おじいちゃんが施設に入って、おばあちゃんもひとり暮らしでしょう。お父さんはひとりになるから、また三人で一緒に住みたいって言ってたわよ」

――お父さんとお母さん、そして自分の親子三人で、また同じ家で暮らす。

ずっと抱いていた夢が現実となり、郁馬の心によろこびが広がった。もちろん自分も同じ気持ちだと言いかけて、はっと気がつく。

「お母さん……。戻る家って、前に住んでたところだよね？」

「実はお父さん、来月から別の職場に移ることになって……。埼玉県のほうにあるから、そっちに引っ越す予定らしいの」

「埼玉県？　お父さんのところへ行くなら、また転校しないといけないのか……」

五年生のときは、夏休みの間に引っ越して、新学期からこちらの小学校に通った。その学校を卒業し、近所の中学校に入学したときは、顔見知りがたくさんいて安心したことを憶《おぼ》えている。ふたたび転校することになれば、また一からのスタートだ。

――鈴原、またなー！

脳裏《のうり》をよぎったのは、自分に声をかけてくれた同級生。これから話す機会が増えれば仲良くなれそうな気がしていたが、転校してしまうのなら――

「郁馬……」

なんとも言えない顔の母を見て、郁馬は我に返った。

自分の都合で母を落胆させてはいけない。せっかく父が一緒に暮らそうと言ってくれたのに、転校したくないだなんてわがままなことなのだ。胸の奥で痛む傷に蓋をして、郁馬はつとめて明るくふるまった。

「引っ越すなら前と同じ、夏休みにしようよ。手続きとかの関係もあるし」

「……」

「詳しいことが決まったら教えて。おれもまあその、心構え？　とかあるからさ」

父と一緒に暮らしたい。でも、転校するのは嫌だ。

いま母と目を合わせると、相反する気持ちを見透かされてしまいそうな気がする。それが怖くて、郁馬は勢いよくご飯をかきこみ、その場の空気をごまかした。


翌朝、六時ちょうど。

郁馬はいつもと同じように目を覚まし、顔を洗って食卓についた。

朝食のメニューは昨日とあまり変わらない。ご飯に味噌汁、ベーコンエッグ……いや今朝はベーコンの代わりに、焦げ目のついたウインナーが添えられている。

黙々と味噌汁をすすっていると、ふいに「郁馬」と呼びかけられた。

「ゆうべの話だけどね。実は郁馬が寝てから、お父さんと電話で話したの」

「お父さんと……？」

「うん。私たち、郁馬のことより自分たちのことばっかりだったなって。また三人で住めるって思うと嬉しくて、転校のことまで考えが及ばなかったの。ごめんなさい」

「あ、いや。お母さんがあやまらなくても……」

まさか自分が眠っている間に、両親がそんな話をしていたなんて。母はやはり、郁馬の本音に気づいていたのだ。

「家庭の都合でこれ以上、郁馬をふり回すようなことはしたくないわ。念願のバスケ部に入ったんだし、そろそろクラスや部活でお友だちもできるころでしょう」

「それは……まあ、予感はあるけど」

「考えてみれば、私も『ゆきうさぎ』のパートを辞める気はないんだから、お父さんの家には行けないのよ。スーパーの仕事もまだ続けたいし」

「でもそれじゃ、お父さんがひとりになっちゃうよ」

誰もいない家の中で、父がぽつんと食事をとる姿を想像してせつなくなる。

父をひとりにしたくはないが、自分たちがあちらに行くこともむずかしい。ではどうすればいいのだろうと悩んでいると、母が「大丈夫よ」と笑った。

「そのことについては、もう解決しているの。私たちが行けないなら、お父さんがこっちに引っ越してくればいいのよ」

「ええっ」

「ここからでも会社には通えるわ。いまより遠くはなるけど」

あぜんとする郁馬に、母は「発想の転換よ」と言った。たしかに郁馬は、母と自分が父のもとに行くしかないと思いこんでいたけれど。

「通えない距離じゃないもの。少しくらいの早起きなら頑張る、ですって。あの人意外に寝ぼすけだものねえ。これまではおばあちゃんが起こしてくれたみたいだけど」

「何時に起きるの？」

「六時くらいじゃない？　はやすぎるって時間でもないわよね」

「なんだ」

四時とか五時とか、そのレベルだったら同情もするが、六時なら自分が起きる時間とあまり変わらない。拍子抜けした郁馬は、目の前の母をじっと見つめた。

――もう少ししたら、あの隣にお父さんが座るのか。

想像するだけでわくわくして、郁馬は近いうちにおとずれる未来に思いを馳《は》せた。

「――じゃ、行ってきまーす！」

「行ってらっしゃい。車には気をつけるのよ。変な人にもついていっちゃだめだからね」

「わかってるって。もう小学生じゃないんだから！」

ジャージ姿で家を飛び出した郁馬は、意気揚々と学校に向かって駆け出した。

全身が軽く、足どりもはずむ。まるで背中に羽でも生えたかのように。

6　誓いを果たす日

「表参道《おもてさんどう》なんて、何十年ぶりになるのかねえ……」

うららかな春の日差しが降りそそぐ、四月半ばの日曜日。

くだんの駅から出た宇佐美零一《うさみれいいち》は、手紙とともに送られてきた地図を開いた。

「しかも、南青山《みなみあおやま》ときたもんだ」

パソコンからプリントアウトされたと思《おぼ》しきそれには、赤いペンで丸く囲んだしるしがついている。場所は骨董《こっとう》通りの近く――自分のようなくたびれた親父《おやじ》が足を踏み入れるには、なかなか勇気が必要な一角かもしれない。

(うーむ。これならもうちょい、洒落《しゃれ》っ気《け》を出してくるんだった)

零一が身に着けているのは、薄手の黒いジャケットに、ベージュのチノパン。ジャケットの中には丸首の白いTシャツを着ている。足下は革靴を履《は》いているが、ネクタイは締めていないし、これで大丈夫なのだろうか。

（まあ、ドレスコードは守っているし、追い返されることもあるまい）

手紙には「男性はジャケット着用」と記されてあった。面倒だなとは思ったが、代金は先方が支払ってくれるというのだから、行かなければ損だろう。

普段よりもめかしこみ、洗練された通りを歩いていると、なんだか若返ったかのような錯覚にとらわれる。やはりたまには、こういった場所に来るのも悪くない。次は妻の紫乃《しの》を誘って、ふたりで散策しようと考える。

大通りから裏道に入ると、周囲を歩く人は減った。

新作の洋服や靴、帽子といった小物がショーウインドウにディスプレイされた、有名アパレルブランドの店舗。シックな外観のメンズ向けセレクトショップ。買い物帰りと思しき女性客たちが、楽しそうにおしゃべりをしているオープンカフェ。それらの前を通り過ぎると、奥のほうに赤い日除けをつけた店が見えた。

「あれは……」

店の前までたどり着いた零一は、看板に記されたフランス語を読みとる。

「ブランピュール……。ほう、ここが」

自分の記憶が正しければ、この店では桜屋《さくらや》洋菓子店の息子が働いているはずだ。

『零一さんも一度、買いに来てくださいよ。奥さん、甘いもの好きなんでしょ？』

『南青山のパティスリーだって？　そりゃまたいいところに建てたじゃないか。賃料も相当高いだろ。それでも採算がとれているなら、そのオーナーはやり手だな』

『利益はちゃんと出てますよ。横浜《よこはま》の元町《もとまち》に二号店も出店できたくらいですからね』

『ほほう。それはすごいな』

偶然とはいえせっかく見つけたのだし、中に入ってみたい衝動に駆られたが、自分はこれから予定があるのだ。腕時計を確認した零一は「げっ」とつぶやく。

(もうこんな時間かよ……。遅刻はまずいな)

のんびり散策しているうちに、思っていた以上の時間がたっていた。零一はあわてて地図を広げ、場所をもう一度たしかめる。どうやら目的地は、ブランピュールよりもさらに奥まったところにあるようだ。

しばらく歩いていくと、ついにその建物があらわれた。

(ここ、だよな？)

零一の目の前に建っているのは、レンガ造りの小ぶりな洋館。クリーム色の外壁には蔦《つた》が這《は》い、独特の雰囲気を演出している。ここは住宅ではなく、いわゆる一軒家タイプのフレンチレストランだ。零一をこの店に招待した相手の話では、なんでも最近注目の若手シェフが腕をふるっているのだとか。

零一はポーチの階段を上がり、重厚感のある装飾がほどこされたドアを開けた。すぐに近づいてきたのは、しわひとつないスーツを着こなし、黒い蝶《ちょう》ネクタイをつけた四十代ほどの男性だ。年齢と風格から、支配人か何かだろうと当たりをつける。

「いらっしゃいませ。ご予約はされていらっしゃいますか？」

「六浦《むつうら》の名前で予約しているはずですが」

「六浦様ですね。承《うけたまわ》っております。お待ちしておりました」

完璧な一礼を披露した男性のネームプレートには、やはり「支配人」の肩書き。自分の見る目は間違っていなかったと、少し得意な気分になる。

「それではお席にご案内いたします」

支配人に案内されたのは、いくつかある個室のひとつだった。周囲を気にせず話ができるよう、六浦が気を回したのだろう。室内にはまるで映画のワンシーンのような、西洋風の華やかな調度品が、華美にならない程度に飾られている。壁には立派な額縁に入った絵画がかけられ、天井からは小ぶりのシャンデリアが吊《つ》り下がっていた。

「零一！」

室内に入ると、中央にしつらえたテーブル席で、ひとりの男が立ち上がる。彼をひと目見た零一は、驚きに目を見開いた。一瞬、知らない人間がいると思ったからだ。

「久しぶりだな。元気だったか？」

「まあな。六浦はその、ずいぶん痩《や》せたな」

「あのあとちょっと病気してな。とはいえ手術と投薬で治ったたし、いまは元気だよ」

「そうか……。だったらよかった」

零一はほっと息をついた。笑うと目尻にしわが寄るのは、昔のまま。しかし零一が知る六浦の姿は、いま目の前にいる痩身《そうしん》の男とはかけ離れていた。大きな病気だったのかもしれないが、克服したのなら何よりだ。

六浦は笑いながら、自分の腹をぽんと叩いた。

「そりゃびっくりするよな。昔は腹も出て丸々としてたからなぁ。逆に零一はあんまり変わっていないな。あいかわらずの色男だ」

「はは。褒《ほ》め言葉は素直に受けとっておこう」

真っ白なクロスがかけられたテーブルの上には、おそらく食前酒だろう、飲みかけのグラスに淡い金色の酒がそそがれている。炭酸ではないようだから、白ワインもしくは食前酒としてメジャーなシェリー酒あたりか。

「よさそうな酒だな」

「ああ、辛口で飲みやすい」

零一は支配人が引いてくれた椅子《いす》に腰かけ、数年ぶりに再会した友人と向かい合う。近くで見ると、仕立てのよさそうなジャケットを着ていることがわかった。鼻の上に載せている洒落た眼鏡も、それなりのブランドものに見える。

（いまは羽振りがいいのかね？）

久しぶりに会った友人をフランス料理店に招待し、なおかつ支払いも自分で持つというのだから、金銭的に余裕があるのは間違いなさそうだ。

「宝くじでも当たったか？」

冗談めかして訊《き》いてみると、六浦は「それも夢があっていいな」と笑う。

「なんてことはない。あのあと新しく興した事業が軌道に乗ってな。人材派遣と言えばいいのか、要するに何でも屋だな。いまは新宿《しんじゅく》で小さな会社をやっている。社員は少ないけど、その家族も食わせられるくらいには儲《もう》かってるぞ」

「へえ、すごいじゃないか」

意外な近況だった。零一と同じく、六浦もあのころはどん底にいたはずなのに。

「零一は実家に戻ったんだろ。おふくろさんの店を継いだとか」

「いや、継いだのは俺じゃなくて甥《おい》だよ。俺はお情けで料理人をやらせてもらっている」

「甥なんていたのか。いくつだ？」

「姉貴の子だよ。たしか二十九だか三十だか、それくらいだったと思うが」

「若いなぁ。その歳《とし》で小料理屋の主人とはたいしたもんだ。零一もよく納得したな」

話に花を咲かせていると、胸に金色のバッジをつけたスタッフが近づいてきた。資格を持つソムリエだ。食前酒はどうするかを問われ、六浦と同じものを注文する。

「かしこまりました」

ソムリエが退室すると、零一はあらためて六浦を観察した。

歳は自分よりもひとつ下。身長は五センチほど低いか。いまは痩せているが昔は肉付きがよく、体格に比例して食べる量も多かった。

「それにしても、いきなり手紙が届いたときは驚いたぞ」

食前酒が運ばれてくると、零一はワイングラスを手にとり、その香りを楽しんだ。

スペインのアンダルシア地方で造られたシェリー酒には、それに適した三種類の白ぶどうのいずれかが使われている。甘口と辛口があるのだが、これはきりっとした辛口で、味わいもすっきりしていた。

「住所なんて教えてたか?」

「零一からは聞いていないが、実家が東京の小料理屋だってことは知っていたからな。屋号もわかっていたし、あとはネットで調べれば一発だ」

「そういうことか……」

先週、零一は甥の大樹《だいき》から一通の手紙を受けとった。大樹曰《いわ》く、店の郵便受けにほかの封書とともに届いていたのだという。

店の住所に個人からの便りが届くのはめずらしいため、零一は不思議に思いながら差出人を確認した。そこに記されていたのは、忘れもしない六浦の名前。彼はかつて、零一が洋食店を開いていたとき、共同で経営を行っていた相棒だった。

六浦との出会いは、いまから三十年以上も前のこと。

舞台役者の夢を追うため、零一は父親と大ゲンカをした末に家を出た。大学も中退して劇団に入り、生活費を稼ぐためにバイトをした。時給がよいという理由で洋食屋の厨房《ちゅうぼう》スタッフを選んだのだが、しばらくして六浦も同じ職場に入ってきたのだ。

歳が近くて気も合ったので、六浦とはよく飲みに行ったたし、給料日前は店主に残り物を恵んでもらい、分け合って腹を満たしていた。本業の売れない劇団員では稼げず、バイトに力を入れているうちに、料理の腕は見る見る上達していった。

『零一は役者より、料理人になったほうが稼げるんじゃないか?』

『そう……かもなぁ』

『もし店を開いたら教えろよ。常連になるからさ』

その後、零一は結婚を機に役者を引退した。同時に洋食屋も辞めて、亡き前妻の故郷がある長崎県へと移り住んだのだ。六浦とは年に何度か手紙のやりとりをしていたが、五年、十年とたつうちに年賀状だけになり、十五年が過ぎるころにはそれも途絶えた。

六浦からふたたび連絡が来たのは、東京を出てから実に、二十年近くの月日が流れたころのこと。わざわざ長崎まで足を運んだ六浦は、零一に『山梨で一緒に洋食店をやらないか』と誘ってきたのだ。

甲府《こうふ》で生まれ育った六浦は、零一が東京を去ってから数年後、バイトを辞めて故郷に戻ったのだという。観光地のレストランで雇われ店長として働き、いつか自分の店を出すための資金を貯めていた。

そしてある程度の貯金ができ、出店を本格的に考えはじめたとき、六浦は零一のことを思い出したのだそうだ。店を開くなら自分のほかにも、腕がよく信頼できる料理人がいたほうがいい。六浦はすぐに長崎に飛び、零一に話を持ちかけたのだった。

『洋食店？』

『ああ、ふたりでやってみないか？　物件は立地のいいところを見つけたし、地元の食材業者にはそれなりにコネもある。別に博打《ばくち》ってわけでもないと思うぞ』

『いや、でもな。やっぱり甲府は遠すぎる……』

さすがに迷ったが、当時の零一は六浦と同じく、洋食レストランの雇われ店長として勤めていた。待遇に不満はなかったものの、一料理人としてはやはり、自分の店を持つというのはあこがれる。六浦と協力すれば、その夢がかなうかもしれない――

零一のひとり娘は、大学の女子寮に入るという。娘の進路が決まったことで、零一も決断した。娘の入学を見届けてから、後妻の紫乃とふたりで移住した零一は、六浦と力を合わせて店を軌道に乗せていったのだ。

(だがそれも、いまはもう過去の話だ)

零一はワイングラスに口をつけた。さきほどは美味《うま》いと思ったシェリー酒が、いまは少し苦く感じる。

ふたりで立ち上げた洋食店は、少なくとも数年は繁盛していた。

しかし近所に安くて美味いファミレスや定食屋、イタリアンの店などが次々と開店したあおりを受けて、売り上げが低下しはじめる。そして次第に業績不振に陥《おちい》り、開店から七年後、泣く泣く店を閉めることになったのだった。

『零一、すまなかった。俺がもっとうまく経営していれば……』

『それはこっちの台詞《せりふ》だろう。自分を責めても何もならない。いまは失くしたものを惜しむより、これからのことを考えよう』

店をつぶした責任を押しつけ合い、友人と憎み合うようなことはしたくなかった。それでもお互いの間に生まれた溝《みぞ》は埋まることなく、疎遠になっていったのだ。

それからの零一はなかなか次の仕事が決まらず、追い打ちをかけるように妻に病気が見つかった。次々と襲いかかる不幸に絶望し、やさぐれていたのだが、そんな自分を救ってくれたのが、母が遺《のこ》した「ゆきうさぎ」と大樹の存在だった。

──俺がここで働いても、本当にいいのか。

甥に対しては、遺産の件で苦しめてしまったのだが、大樹はそれを許してくれた。そのふところの深さに感じ入った零一は、母が守り大樹が引き継いだ「ゆきうさぎ」のために力を尽くし、店主を助けて働こうと誓ったのだった。

(それにしても……)

グラスを置いた零一は、向かいの席で焼きたてのパンをちぎる六浦を見た。

疎遠の状態が続いていると思ったら、とつぜんこのような店に招待して、彼は何を考えているのだろう?

届いた封筒に入っていたのは、一枚の便箋《びんせん》と折りたたまれた店の地図。大事な話があるから、指定した日時に店まで来てほしいとのことだった。友人が相手とはいえ、少し警戒したのは否《いな》めないが、無視することもできずに従ったのだ。

「なんだ、パン食べないのか？　この店は石窯《いしがま》で焼いているから美味いぞ」

「あ、ああ」

「そんなにそわそわするなって。話は昼食をとりながらゆっくりと。せっかくここまで来たんだから、いまは食事を楽しもうじゃないか」

はやく話を聞きたい零一に対して、六浦は腹が立つほどのんびりしている。話がメインではないのかと苛立《いらだ》ったが、彼にとっては食事を堪能するのも同じくらいに大事らしい。

（まあ……タダで飯が食えるわけだし、時間もあるしな……）

はやる気持ちを落ち着かせ、カゴに入ったパンをとる。石窯で焼いたというパンは香ばしく焦《こ》げ目がついており、ちぎると皮がぱりっと音を立てた。中はふんわりとしていてやわらかく、小麦の香りがきいている。

「こちらは豚《ぶた》肉のリエットです。お好みでパンにつけてお召し上がりください」

すすめられたペーストを塗って食べれば、バターとは違った味わいが口の中に広がる。

食前酒とパンを楽しんでいると、ウェイターが料理の皿を運んできた。

前菜は季節に合わせ、ホワイトアスパラガスや春キャベツをふんだんに使った、春野菜のテリーヌだ。続けてマッシュルームのマリネが置かれ、東京野菜のひとつである小松菜と、甘みのあるじゃがいもが溶けこんだ、とろみのあるポタージュも登場する。

「メインの食材はいかがいたしますか？」

「俺は魚かなぁ。零一はどうする？」

「じゃあ肉で」

ランチコースはメインの食材を二種類から選ぶシステムで、零一の前には鶏肉《とり》のパイ包み焼き、六浦のもとには鰈《かれい》のムニエルが運ばれた。

ジューシーな鶏肉を包んだパイ生地にはバターが惜しげもなく使われており、ナイフを入れるとほろりと崩れた。ハーブを散らしたクリームソースと一緒に頬《ほお》張ると、なめらかなソースと鶏肉、そしてパイ生地がみごとに調和し合う。

(美味い……)

いつしか零一は、食事に夢中になっていた。この道三十年、洋食専門の料理人である自分の舌を、これほどまでに満足させられる料理があるとは。

デザートに出されたグレープフルーツのソルベまで完食した零一は、近くに控えていたウェイターを呼んだ。「シェフに挨拶《あいさつ》がしたい」と告げる。

「おお、そこまで気に入ったのか」

「美味い食事をつくってくれた料理人には、感謝の意を伝えないとな」

しばらくすると、個室にひとりのシェフが入ってきた。

「お待たせいたしました。こちらのコースを担当しました、天宮《あまみや》と申します」

礼儀正しく一礼したのはまだ若い、大樹と同じくらいに見える年頃の青年だった。もしかしたら、大樹よりも年下かもしれない。長身で体格がよく、料理人よりもラグビーかアメフトの選手とでも言ったほうが納得されそうだ。

「忙しいところ呼びつけてすみませんね。きみの料理が感動するほど美味かったから、どうしても礼が言いたくて」

「光栄です」

「まだ若いのにたいしたもんだ。今度は妻を連れて食べに来るよ」

「ありがとうございます。またのご来店、心よりお待ち申し上げております」

強面《こわもて》の若きシェフは、口元にあるかなしかの微笑《ほほえ》みを浮かべた。再度頭を下げて、個室をあとにする。その姿が見えなくなると、零一は「もしかして」とつぶやいた。

「彼が手紙で言ってた『最近注目の若手シェフ』か」

「ご名答。このところ、メディアで少しずつ紹介されるようになってきたんだ。本人は目立つことが嫌いらしくて、取材の申しこみも半分以上は断っているみたいだが」

「詳しいな」

「元とはいえ、同じ料理人のことだからな」

食後のコーヒーを飲みながら、六浦はしみじみとした表情で続ける。

「東に人気の店があると聞けば飛んでいき、西に注目シェフがいると知れば駆けつける。料理人の性《さが》だねえ。いまでもはじめての店に行くと、ついつい偵察気分になって」

「そういえば、昔はよくふたりでいろいろな店を回ったっけな」

洋食店を営んでいたころは、休みのたびに首都圏の店を回り、料理や接客の研究に余念がなかった。仕事の合間を縫《ぬ》って、経営関連のセミナーにも参加した。そちらはあまり実践には活かせなかったけれど……。

努力をすれば、すべての望みがかなうわけではない。どれだけ知識を詰めこんでも、経営のセンスがなければ店はつぶれる。そのことを思い知った。

「だが零一。おまえはあの店がなくなっても、料理人を辞めなかったんだな」

「え……」

「俺はあっさり辞めて別の職に就いたけど、零一はいまでも料理人を続けているじゃないか。それを知ったときは嬉《うれ》しかったよ」

「いや、俺も一時は辞めていたんだ。戻ったのは『ゆきうさぎ』があったからだよ」

「実家の小料理屋か。でもそこはおまえの店じゃなくて、甥が責任者なんだろう？　店の方針もメニューも、その甥に決定権がある」

「当然だろう。あの店の主人は大樹——甥なんだから」

「零一はそれでいいのか？」

切りこむような言葉に、零一は首をかしげる。

「いいって、何が？」

「おまえにはあれだけの腕があるのに。三十年も料理人をやっている零一が、息子みたいな歳の甥に使われているだけで、本当に満足なのかってことだよ」

——なんなんだ。別に悪いことではないだろう？

相手の真意がわからず、困惑する零一に、六浦はやけにはっきりとした声で言った。

「さて、本題に入ろう。零一、もう一度自分の店を持つ気はないか？」


零一が家に戻ってきたのは、十五時を過ぎてからのことだった。

現在、零一が妻の紫乃と身を寄せているのは、「ゆきうさぎ」の裏にある二階建ての母《おも》屋《や》だ。元は両親の家だったが、ふたりが亡くなったことで所有権が移り、いまは孫にあたる大樹が店も含めて正式に相続している。

（家賃はゼロで、払うのは食費と光熱費だけでいいなんて破格だよなぁ）

叔父《お じ》夫婦の生活基盤がととのい、ある程度の貯蓄ができるまで、大樹は家に住んでもかまわないと言ってくれた。たしかに大樹がひとりで住むには部屋数が多く、零一と紫乃を受け入れる余裕はあるのだが、よくもまあ簡単に許してくれたものだ。

「ただいま」

玄関の戸を開けると、菓子でもつくっているのか、台所のほうから甘ったるい匂いがただよってきた。廊下の奥から、ぱたぱたとスリッパの音が近づいてくる。

「零一さん、お帰りなさーい」

「ん？」

聞こえてきたのは妻よりも高く澄んだ声だった。やがて相手が誰だかわかると、零一の口元に自然と笑みが浮かんだ。

「おお、タマちゃん。遊びに来てたのか」

「はい！　今日は仕事が休みですからね。大樹さんのおうちで英気を養いたくて」

大樹の恋人であるタマ――いや玉木碧《たまきあおい》は、そう言ってにっこり笑った。

零一がいつの間にか「玉木さん」から呼び名が変わっていたように、碧も大樹のことを苗字ではなく、下の名前で呼ぶようになっていた。いつまでたっても初々《うい うい》しい雰囲気のふたりだが、小さな変化は日々起こっているのだろう。

笑顔の碧は水玉模様のエプロンを身に着けていた。

髪は「ゆきうさぎ」で働いていたときと同じポニーテールで、結び目には見覚えのある水色の髪留めがついている。おそらく大樹からのプレゼントなのだろう。贈られてから一年以上が経過しているはずだが、いまでも大事にしているのが微笑ましい。

身長や体格、髪の長さといったものは、大学生のころからほとんど変わっていない。しかし今月から教員として働きはじめた影響か、碧の顔つきは以前よりも引き締まったように感じられた。社会人になったという自覚がそうさせているのだろうか。いまは化粧っ気もあまりないのに、一端《いっぱし》の大人の女性に見える。

(ああ……なんだかうちの娘を思い出すな)

学生から社会人になり、自分の知らない世界に羽ばたいていった娘を思い、なんだかせつなくなってくる。碧の父親もきっと、似たような気持ちを抱いているに違いない。

そんな零一の心情も知らず、碧は無邪気に話しかけてくる。

「さっき、賞味期限が切れそうなホットケーキミックスを発見しまして。いま紫乃さんと一緒にクッキーをつくっているんですよ。第一弾がもうすぐ焼き上がります」

「ほう」

(というか、いつの間に紫乃と仲良くなったんだ?)

　ふたりにはあまり接点がないと思ったのだが、たまにこの家に碧が遊びに来たときに交流を深めたのだろうか。碧は真面目《まじめ》で礼儀正しい上に人懐こく、他人の警戒心を解くのが上手《うま》いのだ。それも無意識なのだからさすがである。

「ところで大樹はどこにいる？」

「はやめに仕込みをしたいものがあるからって、お店のほうに」

　碧と会話をしながら台所に行くと、稼働中のオーブンの前にエプロン姿の紫乃が立っていた。零一の姿に気がつくと「お帰りなさい」と微笑む。

「ご友人とはゆっくりおしゃべりできました？」

「まあな。そいつ俺と会うだけなのに、わざわざ南青山のフレンチレストランを予約していたんだよ。しかも人気店で、なかなか予約がとりにくいところみたいでな」

「あら、そんなに素敵なレストランに行ったの？　うらやましいわ」

「予約がとれたら、また食べに行ってみるか。今日はランチコースだったんだが、今度はディナーにしてもいいかもな。六月に紫乃の誕生日があるから、そのころにでも……」

「本当？　嬉しい！　期待してますね」

　はしゃぐ紫乃を見つめていた碧が、「いいなあ」とつぶやく。

「わたし、まだそういったお店に行ったことがなくて」

「行きたいなら大樹に言えばいいじゃないか。可愛い彼女の頼みを断るわけがないだろ」

「うーん。断られはしないと思いますけど。なんていうか、似合わないんですよね」

「似合わない？」

「大樹さんとフレンチレストラン。わたしとフレンチレストラン。……なんかちぐはぐ」

眉間《みけん》にしわを寄せながら、碧は何やらつぶやいている。

たしかに大樹と碧は、巷《ちまた》の恋人たちのように、小洒落たレストランでワイングラスを合わせているような姿が想像できない。定食屋の小上がりで仲良く向かい合い、大盛りの牛丼やらカツ丼やらを元気よく平らげているほうが、よほど絵になる。

――とは思うが、碧も年頃の女性だし、たまには恋人とムードのある場所で過ごしてみたいという夢があるのだろう。

言葉を探していると、紫乃が「大丈夫よ！」と声をあげた。

「似合う似合わないなんて、考えなくてもいいの。一見《いちげん》さんお断りじゃないんだから、大樹さんを誘って堂々と行ってらっしゃい」

「そ……そうですよね。行きたいところに行けばいいんだ」

「その意気よ。せっかくだから、そのときは大樹さんにもきちんとお洒落してもらうといいわ。碧ちゃん、大樹さんのスーツ姿なんてめったに見られないでしょ？　びしっとネクタイを締めたところとか、見たくない？」

とたんに碧の両目がギラリと光った。

「見たいです！　写真を撮って夜な夜な見つめてにやつきます！」

（おいおい）

ストーカーかよと突っこみかけたが、碧と紫乃は盛り上がっているから、水を差すのも野暮《やぼ》だろう。もし近いうちに、大樹が碧とのデートで気どったレストランに行くときが来たら、服装のアドバイスをしようと思った。

そうこうしているうちにクッキーが焼き上がり、調理用のミトンをはめた紫乃がオーブンから天板をとり出した。天板にはクッキングシートが敷かれ、花や星、動物といった形の型抜きクッキーが並んでいる。

「さて、できたてのうちにいただきましょう。碧ちゃん、お皿とってくれる？」

「はーい」

紫乃がティーバッグの紅茶を淹《い》れ、なし崩し的にお茶会に突入してしまう。零一は自分の部屋に戻ろうとしたが、紫乃と碧に引き止められた。

「あら、行っちゃうんですか？　あなたのぶんの紅茶も淹れたのに」

「クッキーもたくさんありますよ」

「…………」

ふたりの女性の誘いを無下《むげ》にもできず、零一は彼女たちに引っ張られるようにして居間に向かった。零一は紫乃の隣に腰を下ろし、座卓を挟んだ向かいに碧が座る。

「ところでタマちゃん、仕事のほうはどうだ？　半月たったし、少しは慣れたか」

「まだまだですよ……。わたし、一年生の数学Aを担当することになったんですけど」

クッキーを次から次へと口の中に放りこみながら、碧は話を続ける。

「最初の二、三日はもう、ガッチガチに緊張しちゃって。チョークを持つ手はものすごく震えるし、文字も数字もへろへろだし。挙句の果てに自分が何を言っているのかもわからなくなっちゃいましてね……」

「まあ、最初はな。上手くいかなくてもしかたがないさ」

「去年は教育実習に行ったし、三月は研修で模擬授業もやったんですけど。やっぱり練習と本番は天と地ほどの差がありました。時間も区切られてるから、予定通りのところまで授業を進めるのが思っていた以上にむずかしかったなぁ」

ため息をついた碧は、しょんぼりと肩を落とす。

「授業以外にも覚えることは山積みだし、クラスの子たちの顔と名前も、はやく一致できるようにしないと」

学校側とあらためて相談した結果、三年目にはクラス担任になれるよう、碧を育てていくことが決まったそうだ。そのため今年と来年は副担任として、上司の補佐をしながら仕事を覚えていくらしい。並行して授業の計画を練り、遅れや漏れがないよう進めていかなければならないのだから、新任は目が回るほど忙しいはずだ。

「クラスの子って、何人くらいいるの？」

「三十八人です」

「あらー。それはなかなか大変ね。記憶力が必要だわ」

「これからひとりひとりと会話していけば、自然と覚えるとは思うんですけど」

紫乃と話す碧の顔を、零一はこっそりのぞき見た。

（よくよく見れば、目の下がちょっと青っぽいな）

努力家な碧のことだから、睡眠時間を削って勉強にあてているのかもしれない。はやく一人前になりたいと思う気持ちはわかるが、無理をして体を壊したら大変だ。そう言うと、碧は「ご心配ありがとうございます」と口角を上げる。

「実は零一さんの言う通り、ちょっと寝る時間を削っちゃった日もあるんですよね。これからはきちんと休みます。寝不足で体調を崩して倒れでもしたら、父や大樹さんたちにも心配かけちゃいますものね」

自分の体調を案じられたときでも、誰かを思いやることができる。そんな気質を持つ碧なら、きっと生徒から信頼され、慕われる教師になるだろう。

――ああ、いい子だ。

「あ、そうそう！」

何かを思い出したのか、碧がパン！　と両手を叩いた。

「わたしおととい『ゆきうさぎ』にご飯を食べに行ったんです。新メニューのチーズカレードリアの春巻き、試しましたよ！」

「お、さっそく食いついたか。さすがだな」

「うふふ。カレーが使われてるとなれば食べないわけにはいかないじゃないですか。それで、大樹さんから聞きましたよ。あのレシピは零一さんが考案したものだって」

零一は「ゆきうさぎ」で働いているが、あくまで料理人だ。店の経営に関してはいっさい口を出していない。

しかし店で出すメニューについては、大樹が独断ですべてを決めることはない。

零一が料理人として厨房に立ちはじめてから、大樹は毎月、零一を交えてお品書きを決めるための会議を開くようになった。『零一さんはベテランだから、遠慮のない意見を聞かせてもらいたい』と、こちらの協力を求めたのだ。

会議の間、大樹は零一が発したどんな意見も真剣に聞いてくれた。そしてときに自分の意見を戦わせながらメニューを練り上げ、零一と力を合わせて魅力的なお品書きをつくり上げているのだ。

『お品書きの幅を広げたいんです。零一さんの専門は洋食ですよね？　うちでも少しずつ出してみたらおもしろいかもしれませんね』

『洋食をそのまま出すだけっていうのも芸がないな。ここは小料理屋なんだから、酒のつまみや一品料理としてアレンジしたほうが、お客の受けはよさそうだ』

『いいですね。常連さんたちもよろこんでくれそうです。何せ飲兵衛《のんべえ》が多いから』

『日本酒や焼酎《しょうちゅう》に合うような料理も考えてみるよ。腕が鳴るなぁ』

そんなコンセプトから生み出された零一の料理は、ありがたいことに常連客から好評を博している。前よりさらに選ぶ楽しみが増えたと言われ、胸が躍《おど》った。経営にたずさわることがなくても、料理人としてはじゅうぶんに幸せではないか。

思考にふけっていると、碧が無邪気な笑顔で言った。

「零一さんがつくった春巻き、すっごくおいしかったです！　大樹さんのつくるお料理は最高だけど、わたしは零一さんの洋食も大好きですよ。『ゆきうさぎ』に来ればどっちも楽しめるんだから、贅沢《ぜいたく》ですよね」

まっすぐでキラキラとしたまなざしは、いまの自分にはまぶしすぎる。

零一は碧に気づかれないよう、さりげなく視線をはずした。


ようやく「お茶会」から解放された零一は、同じ一階にある六畳の和室に入った。

(ふう……。やっとひとりになれた)

ここは四年半前に亡くなった母が使っていた部屋で、現在は零一と紫乃が布団を敷いて寝起きしている。室内にある和簞笥《わだんす》や鏡台、棚といった家具は、ほとんどが母のもの。零一たちの家具は入らないため、ここには衣類や小物だけを置いていた。

今日は仕事が休みなので、零一は厨房に立たない。

母屋で紫乃とおしゃべりしている碧は、営業がはじまったら、店のほうに夕飯を食べに行くのだろう。零一の夕食は紫乃がつくると言っていたし、特にやることがない。

脱いだジャケットをハンガーにかけた零一は、動きにくいチノパンも脱ぎ捨て、グレーのスウェットズボンに穿《は》き替える。そのまま畳《たたみ》の上にごろりと横になろうとしたが、ふと思い立ち、棚にしまってあったクリアファイルを抜き出した。

零一はその場にあぐらをかき、手にしたファイルの中身をとり出す。

中に挟んでおいたのは、商店街の不動産屋で入手した、この近辺に建つ賃貸アパートの資料だった。零一は十枚以上はある資料の中から、赤いペンでしるしをつけておいた一枚に視線を落とす。

「いろいろ見たけど、やっぱりここが一番かねえ」

目星をつけたアパートは、「ゆきうさぎ」から歩いて十分ほどの距離にある、2DKのアパートだ。先日、紫乃を連れて内見に行ったのだが、なかなかよさそうな部屋だった。

東向きの窓からは朝の光が差しこむだろうし、浴室やトイレもリフォームずみできれいだった。閑静《かんせい》な住宅街の中にあり、騒音も感じられなかったので、持病をかかえる紫乃も心おだやかに暮らせるはずだ。

『どうだ紫乃、気に入ったか?』

『ええ。日当たりがいいのは大事よね。お風呂も広いし。ひとつだけ残念なのは、キッチンがちょっと狭いことかしら』

『アパートならこんなものだろ。いまの家の台所とくらべたら、そりゃ狭いさ』

零一の父が建てたこの家は注文住宅なので、両親のこだわりが至るところに反映されている。台所は、料理が好きな母がもっとも細かく注文をつけた場所。いつでも気持ちよく料理ができるよう、広くて使いやすい設計になっている。

零一の言葉を聞いて、紫乃は『そうよねえ』と苦笑した。

『小料理屋の女将《おかみ》さんのお宅だもの。キッチンには力が入って当然だわ。あんな素晴らしいキッチンを使わせていただけただけでも、すごくありがたいことよね』

『まあ……あれで目が肥《こ》えると、ほかの台所が色あせて見えるのはたしかだ』

『贅沢な話だわ』

そんな話をしたけれど、総合的にはやはり、あのアパートが一番住みやすいのではないかと思う。条件がいい上に家賃も安めとなると、こうして悩んでいる間に、ほかの誰かに先を越されてしまうかもしれない。

紫乃は気に入っていたし、これが縁だと思って契約しようか。

（さすがにこれ以上、この家に居座り続けるのも悪いしな……）

零一がこの家に転がりこんだのは、昨年の夏。

それからしばらくして、退院した紫乃も一緒に暮らすことになった。

大樹は特に期限を設けなかったが、それに甘えて一年も人様の家で厄介《やっかい》になるわけにはいかない。ここに来てから紫乃ともどもつつましやかに生活し、毎月の給料がふりこまれても、最低限の生活費だけ下ろして貯金にはげんだ。

（家賃がかからないっていうのは大きかった）

資料を畳の上に置いた零一は、貴重品を入れた小さな手提げ金庫を開けた。

自分名義の通帳をとり出し、ぱらりと開く。

本来なら家賃にかかるぶんを丸々貯金に回せたおかげで、零一の通帳には現在、予定していたよりも多くの金額が記されていた。これなら引っ越し代も出せるし、敷金や礼金も問題ない。万が一、怪我《けが》をしたり病気にかかったりしても、短期間なら生活に困ることはなさそうだ。

自分たちが見つけた家に移り住み、新しい生活をスタートさせる。もうじゅうぶん世話になったのだから、これ以上は大樹の厚意にすがることなく、自分たちの力で暮らしていかなければ。そうしたいのなら一日でもはやく、この家を出るべきなのだ。

そこまでわかっているのなら、いますぐにでも不動産屋に連絡をすればいい。

スマホをじっと見つめながらも、なかなか電話をかける気になれないのは、脳裏《のうり》に六浦の顔がちらつくからだ。

「あぁくそ。六浦のやつ、なんだってあんなこと……」

畳の上にあおむけになった零一は、雑念をふり払いたくて目を閉じた。暗くなったまぶたの裏に、昼間の光景が再生される――

『零一、もう一度自分の店を持つ気はないか?』

思いもよらない問いかけに、零一は何度も目をしばたたかせた。

『何を言っているんだ？　資金も物件もないのに、店なんて持てるはずがないだろう』

『それが、今回に限ればなんとかなるんだ』

『どういう意味だ……』

困惑しつつも、零一がその話に興味を持ったことを悟ったのだろう。六浦は待っていましたとばかりに身を乗り出し、説明をはじめた。

『俺の知り合いに、都内でビルのオーナーをしている人がいるんだが……』

六浦の話では、そのビルの一階には、少し前までイタリア料理のリストランテがテナントとして入っていたらしい。それなりに繁盛していたのだが、あるとき店主が病気で長期療養することになり、店も閉めなければならなくなったそうだ。

『空いた店舗は居抜きで賃貸に出されたんだが、オーナーとしてはリストランテかビストロをやってほしいみたいでな。カフェとかだと気に入らなくて断っちゃうわけだ』

『気むずかしいオーナーだな……』

『いや、本人は気さくでいい人だよ。ただこだわりが強いだけで。自分のビルなんだから好みの店を入れたいって気持ちはわかるよ』

六浦は苦笑いをしながら、ぬるくなったコーヒーを一口飲んだ。

『なかなか希望通りのテナントがあらわれないものだから、業を煮やしたオーナーが、俺のところに頼みに来たんだよ。リストランテかビストロを経営できる、いい人材のアテはないかって』

ようやく話がつながり、零一は『なるほど』とうなずいた。

六浦はそのオーナーの依頼で、該当する人物に零一をあてはめたのだ。

『実はこのランチも、オーナーの出資でね。なんとしてでも口説《くど》いてこいってお達しを受けまして。零一が興味を持ったらオーナーご本人と契約の話に進む手筈《てはず》だ』

『そうだったのか……。もし俺が断ったら、おまえの面目は丸つぶれか？』

『ああ、そこは心配しなくていい。零一のほかにも候補はいるから。脅してでもオーナーのもとに引きずっていく！　なんてことはしないよ』

零一を安心させるように笑った六浦は、『でも』と続ける。

『候補はいるけど、この話を持ちかけたのは零一が最初だ。俺は零一にもう一度、自分の店を持ってもらいたいんだよ。今回は居抜き物件だから、必要な設備はだいたいそろっているし、オーナーの厚意で賃料も安い。オーナーは基本的に、店子《たなこ》の経営方針には口を出さないから、どんな方向性の店にしようと自由だ』

『自由……』

その一言は甘美な響きをもって、零一の心に強く働きかけた。

『ここは強調しておくが、こんないい話はめったにないぞ？　年齢的にも最後のチャンスかもしれない。それはわかってるよな』

『……』

『実家の小料理屋で働くのも、悪くはないと思うよ。だがな、さっきも言ったがその店は零一じゃなくて、甥のものだ。小料理屋にはもう後継者がいるし、零一はどうやったって陰《かげ》に隠れる。それはやっぱりもったいないと思うんだよ』

言葉を切った六浦は、真剣な面持ちで零一を見据える。

『もしその気になったら、この番号に連絡してくれ。オーナーは気が短いから、それほど長くは待てないが……。話に乗って本気でやりたいっていうなら、今後も全力でサポートする。いい返事がもらえることを願っているよ』

「いい返事か……」

目を開いた零一は、六浦との会話を頭の中で反芻《はんすう》した。

まさかそのようなスカウトを受けるとは思いもしなかったので、はじめは戸惑い警戒した。六浦には申しわけないが、何かの詐欺《さぎ》ではないかとすら思った。しかし実際はそうではなく、調べてみると、オーナーも物件も実在したのだ。

六浦が零一に話を持ちかけたのは、純粋な厚意からなのだろう。彼は甲府の店をつぶしたことを気に病み、零一にあやまっていた。もちろん彼だけの責任ではないのだが、本人は零一に対して罪悪感を抱き続け、今回、その罪滅ぼしをしようとした。

(そんなところか)

零一はむくりと起き上がった。畳の上の資料に目をやる。

もし自分が「ゆきうさぎ」ではなく、六浦から紹介された店を選んだ場合。住まいについては、オーナーが大家をやっているアパートに格安で入居させてくれるという。まさに至れり尽くせり。六浦の言う通り、これほどの条件は今後、まず出てはこないだろう。

だが――

立ち上がった零一は、出しっぱなしにしていた通帳を金庫にしまった。資料もすべて集めてファイルに戻し、部屋をあとにする。

「あら零一さん、どちらへ?」

「ちょっと店のほうに行ってくる」

紫乃と碧がいる居間の前を通り過ぎ、零一は休憩用の小部屋を経由して厨房に出た。

煮物でもつくっていたのか、コンロの上には鍋がひとつ置いてある。火はすでに消えており、いまは味を馴染《なじ》ませているところなのだろう。

厨房の中に大樹はいなかった。店舗のほうかと思ってのぞいてみると、すぐにその姿を発見する。格子戸に近いテーブル席に座った大樹は、愛用のノートパソコンを開き、画面に集中していた。

右手に持っているのは、どこかで見たようなハート型のクッキー。袋に入ったそれを、大樹は次から次へとポリポリ噛《か》み砕いている。この食べ方にも既視感があった。

(長く一緒にいると、他人でも似てくるとは言うが。案外本当なのかもしれないな)

「大樹」

「うわっ」

声をかけると、大樹は大げさなまでに驚いた。どうやら零一が近くにいることにすら気づいていなかったらしい。こちらに視線を向けた大樹の口の端には、お約束通りクッキーのカスがついていて、普段よりも子どもっぽく見える。

「なんだ、零一さんか。おどかさないでください」

「別におどかしたつもりはないんだけどな。仕事中か?」

「ええ。ここ三カ月の売り上げデータを分析していたんです」

親指の腹で口の端をぬぐった大樹は、マウスを操作しながらふたたび口を開く。

「調べていてわかったんですけど、前の三カ月よりも、零一さんの洋食メニューの売り上げがアップしてますね」

「なに、本当か？」

零一は大樹の肩に手を置いて、画面をのぞきこむ。そこにはさまざまなグラフや数値が記されていたが、零一にはどう読み取ればいいのかよくわからない。

「冬に和風グラタンがヒットしたから、それが大きかったのかな。でもほかのメニューも軒並《のきな》み上がってますから、洋食の人気が出てきたのかもしれませんよ。このデータを参考にして、来月のメニューを考えましょう」

「………」

「洋食の受けがいいなら、和の食材と組み合わせたメニューも増やしていきたいな」

大樹は大学で経営学を学び、亡き母――先代の女将からも実践的なノウハウを叩きこまれている。税務関係は担当の税理士に頼んでいるようだが、日々の経理や事務作業は大樹が行い、それでなんの問題も起こっていない。

(おふくろはいい後継者を育てたな)

大樹が経済学部に進んだのは、実家の旅館を継ぐためであり、「ゆきうさぎ」とは関係なかった。しかし母の家に下宿して、母の店でバイトをしているうちに、小料理屋の魅力にどっぷりはまりこんでいったのだ。

料理に目覚めた大樹は、母の指導を受けながらその腕を磨いていった。

元来素直な質《たち》だから、スポンジが水を含むかのごとく、知識を吸収していったに違いない。経営のセンスもあったおかげで、母が亡くなったあとも店がかたむくことなく、大勢の常連客に囲まれて繁盛している。

大樹さえいれば、「ゆきうさぎ」が困ることはない。

(俺がいなくても……)

零一はズボンのポケットに右手を入れた。

スマホには不動産屋の連絡先のほかに、六浦の電話番号も登録されている。不動産屋に電話をすれば、このまま「ゆきうさぎ」の料理人として働き続けることになり、六浦に連絡をとったときは、まったく知らない新しい道が開ける。

自分はどうしたいのだろう。ここにとどまるか、それとも別の道に進むか。

零一の逡巡《しゅんじゅん》をよそに、作業を終え、パソコンの電源を切った大樹が顔を上げた。こちらに視線を向け、ふっと笑う。

「ありがとうございます」

「え?」

なぜ礼を言われるのかわからず戸惑っていると、大樹はおだやかな声音《こわね》で続けた。

「零一さんがうちに来てくれて、すごく助かっているんですよ。これまで料理人は俺ひとりでしたから、やっぱり負担が大きくて。でもいまは交代で仕事ができるし、休みの間に料理以外の雑務もできるでしょう？　心身ともに、劇的に楽になりました」

「そ、そうか……」

「いまは零一さんがいない『ゆきうさぎ』なんて考えられないな。先代も、自分の息子が料理人としてここにいてくれることを、すごくよろこんでいると思いますよ」

零一はカウンターの隅《すみ》に目をやった。大樹が碧からもらったという、うさぎの飾りがついた写真立て。その中で優しく微笑んでいる母は、大樹が言うように、零一が「ゆきうさぎ」で働いていることを歓迎してくれているのだろうか。

――あたりまえじゃないの。とても嬉しいわ。

どこからか母の声が聞こえてきたような気がしたのは、きっと空耳だろうけれど。

「零一さん、これからも一緒に頑張っていきましょう」

ズボンの中から引っぱり出したスマホを、零一はぎゅっと握り締めた。

あのとき誓ったではないか。母が守り大樹が引き継いだ「ゆきうさぎ」のために力を尽くし、店主を助けて働こうと。だから自分は、ここを離れるわけにはいかないのだ。

いまから電話をかけよう。相手はもちろん不動産屋だ。

7　父と語り合う日

いまから四年半前の秋、雪村大樹《ゆきむらだいき》の祖母、宇佐美雪枝《うさみゆきえ》が亡くなった。


十月二十日、六時三十分。

枕元でスマホのアラームが鳴り響き、眠りから覚めた大樹は布団の上で上半身を起こした。今朝は気温が低いようで、パジャマの隙間《すきま》から入りこんだ冷気が肌を刺す。

(仕込み……はしなくていいのか)

いつもの習慣で思い浮かんだが、すぐにそれを否定する。

母方の祖母が女将《おかみ》をつとめていた小料理屋「ゆきうさぎ」は、現在無期限の休業中だ。理由は女将の死去である。夏の終わりにたちの悪い風邪を引いた祖母は、不幸にもそれをこじらせてしまい、そのまま帰らぬ人になってしまった。

高齢になると、風邪ひとつでも生命を左右することになる。わかっていたのに、大樹は祖母の体調悪化に気づくことができなかった。大樹に心配をかけまいと、ぎりぎりまで隠していた祖母は、本当はどれほど不安でつらかったことだろう。

直前まで笑顔で、大樹と一緒に昼食をとっていた祖母は、あるときとつぜん苦しみだした。すぐに救急車を呼び病院に搬送されたが、治療の甲斐《かい》なく、数日後に静かに息を引きとったのだった。

病院のベッドで永遠の眠りについた祖母の姿を思い出し、胸が締めつけられるように苦しくなる。その後に続いた通夜や火葬といった一連の流れも、悪い夢を見ているかのようで現実感がなかった。

(まいったな……)

葬儀から一週間がたつのに、何もする気が起こらない。

大樹はふたたび布団の中にもぐりこみ、かたく目を閉じる。一瞬だけのつもりだったのに、気がつくとあれから二時間近くが経過していた。さすがに一日中布団にこもっているのは精神的にもよくないので、大樹はなけなしの気合いを入れて起き上がった。

「……あれ?」

大樹は首をかしげた。なんだかいい匂いがするような。

——味噌《みそ》汁？

階下からただよってくる香りの正体に気づいたとたん、大樹は布団を跳ねのけて飛び起きた。この家に住んでいるのは、自分と祖母だけ。自分でないなら、下にいるのはひとりしかいないではないか。

亡くなった人は還らない。それが死というもの。

そんな常識が、そのときの大樹の頭からはすっぽり抜け落ちていた。寝起きで狼狽《ろうばい》していたのかもしれない。期待に衝き動かされた大樹は、部屋を出て勢いよく階段を駆け下りた。顔を洗うことも忘れ、一目散に台所へと急ぐ。

「ばーちゃん！」

台所に飛びこむと、コンロの前で味噌汁を味見していた祖母がふり向く。いや、祖母に似てはいるけれど、若すぎるような……。

「ちょっと、何事!?　地震でも起こったかと思ったわよ！」

「か、母さん……？」

状況についていけず、大樹は目を白黒させた。箱根《はこね》の実家にいるはずの母が、なぜこの家で味噌汁をつくっているのだろう？　祖母が愛用していた割烹着《かっぽうぎ》に袖《そで》を通した母は、困惑する大樹に近づき、容赦《ようしゃ》のないデコピンを一発お見舞いした。

「痛っ」

額《ひたい》に走った痛みと同時に、頭の中にかかっていた霧《きり》のようなものが晴れていく。

大樹の目に理性が戻ったことを確認し、母はやれやれと肩をすくめた。

「目が覚めたみたいね。私がここにいるのはいつから?」

「昨日……」

「葬儀のあとにいったんは帰ったけど、あなたが心配で戻ってきたのよ。それなのに幽霊にでも会ったかのような顔をして。とりあえず洗面所に行って顔でも洗ってきなさい。それから朝ご飯にしましょう」

母に廊下へと追いやられた大樹は、言われるがままに洗面所に向かった。冷たい水で顔を洗うと、ようやく気分がクリアになった。記憶も整理されてくる。

(そうだ……。母さんは俺のことを心配して、様子を見に来たんだった)

だから母がこの家にいるのはあたりまえなのに、混乱した自分は「ばーちゃん」と呼びかけてしまった。母はぎょっとしたに違いない。

奇行を挽回《ばんかい》するために、大樹は何度も顔を洗って表情を引き締めた。おろそかだったひげ剃《そ》りも念入りに行い、髪にもきちんと櫛《くし》を通す。チェックのネルシャツとジーンズに着替えて身支度をととのえた大樹は、ようやく母が待つ台所に戻った。

「よしよし。復活したわね」

息子の身づくろいをチェックした母は、満足そうにうなずいた。

「あなたこの一週間、ろくに食べてないでしょ。少しでもいいからお腹《なか》に入れなさい。栄養のある食事は健康の基本だって、お母さんがよく言っていたじゃない」

「そうだな……」

亡くなった祖母は、大樹の母——毬子《まりこ》にとっては産みの母親だ。

身内を亡くして悲しんでいるのは、大樹だけではないのだ。母も息子の前では気丈にふるまっているが、よく見ればまぶたは腫《は》れているし、目も充血していた。

母と祖母は大樹から見ても、仲のよい親子だった。そんな最愛の母を喪《うしな》って、まだ一週間しかたっていないのだ。それでも自分の悲しみをおさえ、息子のことを心配してくれているのだから、頭が下がる。

「ほら、座って」

大樹を椅子《いす》に座らせると、母はダイニングテーブルの上に鍋敷きを置いた。白い湯気を立てるひとり用の土鍋をそこに載せる。味噌の香りがただよう中身は、どうやら雑炊のようだった。刻んだ鶏《とり》肉や根菜が入っており、小口切りにした青ネギが散らしてある。

「これくらいなら食べられるでしょ」

「ああ」

大樹は母からとんすいとレンゲを受けとり、土鍋の雑炊をすくって口に入れた。

一口飲みこむごとに、コクのある味噌仕立ての雑炊が、胃の中を優しくあたためてくれる。よく火が通った鶏肉はやわらかく、その出汁《だし》がスープに溶けこみ、さらなる旨味《うまみ》を生み出していた。スープを吸ったご飯も食べやすくて、サラサラと喉《のど》を通っていく。

(美味《うま》い……)

思い返せば祖母が亡くなってから、何かを食べておいしいと思うことがなかったような気がする。何を食べても機械的に咀嚼《そしゃく》していただけだったのだが、母の心がこもった雑炊で、ようやく味覚が戻ってきた。

「落ち着いた?」

「ああ、母さんも忙しいのに、心配かけてごめん」

母は実家の温泉旅館で、女将として働いている。葬儀には参列したが、こうして息子にかまっている暇はないはずなのに。

申しわけない気持ちでいると、母は「大丈夫よ」と安心させるように言った。

「向こうのことは気にしないでいいわ。旅館のほうは今回、お義母《かあ》さんが特別に手伝ってくださることになったから」

「お祖母《ばあ》さんが？」

父方の祖母はすでに女将を引退し、隠居生活に入っているはずだが……。

「あの方もあの方なりに、大樹を心配してくださっているのよ。旅館のことは気にしなくていいから、いまは大樹のことを案じてあげなさいって言われたわ」

「そうだったのか……」

彼女がそんなことを言ったとは意外だった。厳格で冷ややかなイメージだが、ふとした拍子に優しさをのぞかせる。もしかしたら、根は家族思いの人なのかもしれない。

雑炊を食べ終わると、母が梨《なし》の皮を剝《む》いてくれた。

水分をたっぷり含んだ、甘くみずみずしい果実を味わっていると、母が口を開く。

「ねえ大樹、あなたこれからどうするの？」

「これから？」

「『ゆきうさぎ』のことよ。お母さんがいなくなっても、あなたひとりで経営できるの？」

すぐに答えることができず、大樹は押し黙った。

小料理屋「ゆきうさぎ」は祖母の店だが、大樹は大学に入った歳《とし》からバイトとして働いていた。卒業後は正式な後継者として弟子入りし、祖母から料理の指南や経営の手ほどきを受けたのだ。祖母は大樹を自分の跡継ぎとして育てていた。それは間違いない。

(でも俺はまだ、二十四だぞ?)

大樹は広げた自分の両手をじっと見つめた。

いつかは店を受け継ぐとは言っても、これほどはやくそんな日が来るとは思っていなかった。祖母は特に持病もなく、日々の仕事で鍛えていたので、足腰も丈夫だった。体力もあったから、まだまだ大丈夫だろうと安心していたのに。

料理をつくることはできるし、最近の事務仕事は祖母から一任されていたため、経営面でも問題はない。

だが大樹には、肝心の自信がなかった。「ゆきうさぎ」の華である女将がいなくなった店を、これまでと同じく繁盛させられるとは、どうしても思えなかったのだ。女将がいなくても、お客を惹《ひ》きつけられる何か。いまの自分にはそれが足りない。

だからといって、このまま店を閉めてしまうこともできない。「ゆきうさぎ」は、祖母が育てた夢の結晶なのだ。それを受け継いだ以上、自分の代でつぶしてしまうことだけは絶対に嫌だ。

――店は閉めない。しかし、すぐに再開させても繁盛させる自信がない。

正直にいまの気持ちを打ち明けると、母は少し考えた末に言った。

「そういうことなら大樹、あなたしばらくうちに来ない?」

「うちって……実家？」

「旅館のほうよ。自信がないならビシバシ鍛えてつけていけばいいじゃない。いまのあなたが自信をつけられるものと言ったら、料理の腕しかないでしょう」

母は名案を思いついたとばかりに、得意げな顔で続ける。

「うちには一流の料理人が勢ぞろいしているし、厨房《ちゅうぼう》で働きながら、板長にしごいてもらえばいいわ。大樹が相手ならよろこんで教えてくれると思うわよ。私たちは貴重な労働力が手に入るし、あなたは料理の腕を磨ける。どちらにとってもお得だわ」

「……」

母から提案された計画は、悪くなかった。常連に忘れ去られるのも困るため、あまり長く店を閉めるわけにはいかないけれど、数カ月程度なら――

「さあ、どうする？　選ぶのはあなたよ」

それから数日後、大樹は荷物をまとめて実家に向かったのだった。

「……で、実家の旅館で働き出してからは、朝から晩まで下働きと修業三昧《ざんまい》。いまから思えば体《てい》よくこき使われたような気がしなくもないけど、充実はしてたからいいかな」

「そんなことがあったんですねー」

話を終えると、興味深げに耳をかたむけていた碧《あおい》が、納得したようにうなずいた。

長い話をして喉が渇いたので、大樹はテーブルの上に置いてあったワイングラスに手を伸ばした。口に含むと、芳醇《ほうじゅん》な赤ぶどうの香りが鼻を通り抜ける。

それほど高価な銘柄ではなかったが、なかなかの味と香りだと思った。「ゆきうさぎ」での取り扱いを検討してもいいかもしれない。

四月後半の日曜日。大樹と碧は都内にあるビストロフレンチの人気店に足を運んでいた。なぜフランス料理なのかといえば、碧が食べたいと望んだからである。

『零一《れいいち》さんから聞いたんです。ちょっと前、南青山《みなみあおやま》にある一軒家の素敵なフレンチレストランで食事をしたって。なんでも最近注目の若手シェフがいるそうですよ』

『フレンチか……。南青山ということは、ブランピュールの近所かな』

『途中で通りかかったって言ってましたよ。とにかくですね、零一さんがそこのお料理をベタ褒《ぼ》めしてたんです。あの零一さんがですよ？　気になりませんか？　わたしはすごく気になります。一度でいいから食べてみたい！』

『わかったわかった。どうどう』

鼻息荒く訴えかけてくる碧を、大樹は苦笑しながら落ち着かせた。

『とにかく、そのレストランに行ってみたいってことだな？』

『はい。でも零一さん曰《いわ》く、予約は一カ月前とかじゃないととれないらしくて。だからすぐには無理ですよね。あと、お店のサイトでコース料金を調べてみたら、その、けっこうお高いんだなぁというか』

星つきとまではいかずとも、ドレスコードが設定されている店なのだから、料金の高さは予測がついた。自分はこれでも大人だし、碧の食事代も合わせて支払うつもりなのでそこはいいのだが、最低でも一カ月待ちとは。

『あ、そうだ！　だったらもうちょっと伸ばして六月の終わりにしませんか？』

『六月の終わり？　何かあったか』

『忘れちゃいました？　去年、大樹さんが告白してくれた日ですよ』

『！』

嬉《うれ》しそうに笑った碧は、日付までばっちり覚えているそうだ。

告白した張本人の大樹はそこまで覚えていなかったが、碧にとっては誕生日やクリスマスと同じくらいに重要な記念日になったらしい。あれからもうすぐ一年なのかと思うと感《かん》慨《がい》深いし、記念日だというのなら、やはり相応に祝うべきだろう。

『わかった。それじゃ、レストランには六月終わりで予約してみる』

『ありがとうございます！　うわぁ、楽しみ。あ、そうそう。もし予約がとれたら、当日の服装はスーツにネクタイ着用でお願いします』

『ドレスコードはジャケットだけじゃなかったか？』

『わたしが見たいんです。大樹さんのスーツ姿なんてめったに拝めないじゃないですか』

『まあいいけど……。それなら碧もちゃんとめかしこんでこいよ』

『えっ』

『物事にはつり合いってものがあるだろう。楽しみにしてるぞ』

　そんな会話をした後日、くだんのレストランには大樹が連絡を入れ、無事に希望した日時を予約することができた。今日はそれとは関係なく、碧と食事の約束をしたので、予定を合わせて叔父《おじ》におすすめされた店に来てみたのだ。

「こういうお店ははじめてなんですけど、なんだかあったかい雰囲気ですね」

「ビストロっていうのは、フランスの家庭料理や地方の料理を出す店なんだよ。気軽にふらっと中に入れて、日常的に楽しめるような感じで」

「日本でいう小料理屋とか居酒屋とか、それに近いのかな」

「まあ、間違ってはいない」

「だからほっとするんだ。わたし好きですよ、こういう雰囲気」

どうやら気に入ってもらえたようで、大樹は胸を撫《な》で下ろす。碧は好き嫌いがなく食欲旺盛《おうせい》なので、どの店に連れて行っても人並み以上によく食べる。その中でも本当においしかったと思ったときは顔に出るため、本音は読みとりやすかった。

やがて食事が終わると、碧は満足そうな表情で紅茶のカップに口をつけた。

「ああおいしかった。やっぱりカレー風味のサーモンムニエルが一番だったかなー」

「予想通りの答えだな」

「だっておいしかったんですもん。あとは自家製ソーセージ！」

「牛肉のビール煮もよかったな。ビールはもちろん赤ワインにも合う。研究してレシピを確立できれば、うちの店で出してもよさそうだ」

食事のあとに、碧とこうやって感想を言い合うひとときが楽しい。大樹は碧のみごとな食べっぷりを見るのが好きだし、美味いものを食べたときのはじけるような笑顔も見たくて、ついついあちこち連れ回してしまうのだ。

「ところで、今日はいつもより食べる量が少なくなかったか？」

「え、そうですか？　出がけにつまんだお菓子がお腹に残ってたのかも……」

「それくらい、普段の碧ならとっくに消化してるだろ」

「ですよねえ？　まあ、そういう日もありますよ」

顔色が少し青いように見えたのだが、本人は気にしていない様子なので、特に具合が悪いといったことではないのだろう。大樹もそれ以上は指摘せず、碧との談笑を続けながら食後のコーヒーを楽しんだ。

「ありがとうございましたー」

それからしばらくして、大樹と碧は店を出た。時刻は二十一時を少し過ぎたところだ。

(碧は明日からまた仕事だし、そろそろ帰るか……)

いまから帰路につけば、四十分前後で家に着くだろう。碧は仕事をはじめたばかりで緊張の連続だろうし、ゆっくり入浴して睡眠をとる時間を大事にしてほしい。

「碧、今日のところはこれで――」

帰宅する旨《むね》を告げようとしたとき、大樹の隣を歩いていた碧が、とつぜんこちらにもたれかかってきた。甘えてきたわけではなく、足下がふらついている。

「おい、大丈夫か?」

あわてて彼女の腕をとり、近くにあったベンチに座らせる。

(酒で酔った……わけじゃないな。ノンアルコールだったし)

大樹は赤ワインを頼んだが、碧は次の日に響くからと言ってソフトドリンクを注文していた。従ってアルコールは関係ない。

碧の隣に腰を下ろした大樹は、彼女の額に手のひらをあてた。熱はなさそうだが……。

「具合はどうだ？　気持ち悪いとか痛みがあるとか」

「頭の奥がひんやりしているっていうか……。たぶん貧血だと思います」

「貧血？」

「その、最近ちょっと寝不足で。寝る前にレポートを書いたり授業の練習をしたりしていたから……。零一さんには無理するなって言われてたのに」

大きなため息をついた碧は、ゆっくりと目を閉じた。大樹は彼女の肩を抱いて支える。

さきほど顔色が悪いと思ったのは、勘違いではなかったのだ。あれこれ言うのはあとにして、いまは碧をすみやかに家に帰すことにする。彼女の父、浩介《こうすけ》の電話番号は知っていたのでスマホをとり出し連絡した。

『わかった。それじゃ駅前のロータリーまで迎えに行くよ』

『すみません。よろしくお願いします』

それからしばらく休んで体調が少し回復してから、大樹は碧を連れて最寄りの駅までタクシーで戻った。指定されたロータリーに行くと、見覚えのある車が停まっている。

「大ちゃん！」

こちらの姿に気づいたのか、運転席のドアが開いて浩介が出てきた。

大樹に支えられるようにして立つ娘を見るなり、眼鏡の奥の目が不安げに揺れる。

「本人は寝不足からの貧血だって言ってますが、本当にそうなのかは……」

「わかった。もし明日も具合が悪そうだったら病院に連れていこう。大ちゃんも、せっかくのデートだったのにすまないね」

「いえそんな」

浩介はぐったりする碧を後部座席に寝かせ、ドアを閉めた。自身は運転席に戻り、エンジンをかける。なめらかな動きで走り出した車は、あっという間にロータリーを抜け、大樹のもとから遠ざかっていった。


『碧の貧血、やっぱり寝不足からだったみたいだね』

翌日、浩介から電話がかかってきた。念のためにかかりつけの医者に診てもらったところ、やはり碧は貧血だったという。大事をとって仕事は欠勤し、今日一日は安静にして休むことにしたのだそうだ。

「いまの様子はどうですか?」

『ひと晩眠ったら、多少はよくなったみたいだよ。顔色はまだ悪いけど』

碧にメッセージを送ると、起きていたのかすぐに返信が来る。

〈ゆうべはご迷惑をおかけしてすみませんでした！　いまは昨日よりは気分がいいです〉

〈もし大丈夫そうだったら見舞いに行くけど　何か差し入れでも持って〉

〈ええっ　いいんですか？　実はわたし、今朝からものすごく食べたいものがあって〉

〈食欲が出てきたか　いい傾向だな　それで何が食べたいんだ？〉

メッセージをやりとりし、ランチタイムの営業が終わったあと、大樹は店の厨房で碧に渡す差し入れをつくりはじめた。ラップを使って三角おにぎりの形をととのえながら、大樹はさきほど碧とかわしたメッセージを思い出す。

――梅干し入りのおにぎりとほうれん草のポタージュ。そしてポテトサラダ。

これがいま、碧が口にしたいものなのだという。

脈絡がないなと首をかしげ、不思議な既視感を覚えて記憶をたぐる。

〈ああそうか。あのときの〉

大樹の口元がほころんだ。

碧とはじめて出会った日、彼女は貧血を起こして店の前で座りこんでいた。店に運んだ碧が目を覚ましたとき、自分はこれらの料理を彼女にふるまったのだ。

あれから四年の時を経《へ》て、まさかいまになって同じものを頼まれるとは。

おにぎりの中には自家製の梅干しを入れ、できあがったポタージュはスープジャーに移した。あとはポテトサラダだったが、ストックがなかったのでつくることにする。

『ポテトサラダは秘伝なの。おいそれと教えられないのよ』

『簡単なのに？』

『誰でもつくれるようなお料理だけど、お惣菜《そうざい》や居酒屋の定番メニューになっているのはどうして？　自由度が高いぶん、つくり手の数だけレシピがある。だから「私」のレシピは私だけのものなのよ』

祖母は「ゆきうさぎ」の後継者として育てた大樹に、最後の仕上げとしてポテトサラダのレシピを教えてくれた。それは祖母が倒れる数日前で、もしかしたら自分の体調の変化を悟り、万が一に備えて大樹に受け継がせたかったのかもしれない。

レシピを受け継いだとき、このまま店を閉めることは絶対にしないと誓った。祖母亡きあとも「ゆきうさぎ」は必ず再開させて、今度は自分の力でお客を引き寄せてみせると。

「よし。まずはじゃがいもだな」

大樹はまず、皮つきのじゃがいもを蒸し器に並べた。電子レンジにかけたり鍋で茹《ゆ》でたりしても火は通るが、祖母曰く『時間はかかるけど、蒸すのが一番かたさや食感がよくなるし、水分のバランスもいい』のだそうだ。

じゃがいもが蒸し上がったら、熱いうちにマッシャーを使って押しつぶしていく。それから室温に戻しておいたクリームチーズと塩コショウを加え、自家製のマヨネーズも入れて混ぜ合わせていった。

具材はキュウリにニンジン、そしてコーン。ざっくりと混ざったところで器《うつわ》に盛り、香りづけのためのバジルをふって完成となる。

蒸し上げたじゃがいもを丁寧にマッシュしたポテトサラダは、なめらかな舌ざわりが特徴だ。クリームチーズが入っているので味わいはクリーミー。具材の食感がよいアクセントになっている。

心身が弱っているときに、碧が自分の料理を求めてくれるのは嬉しい。美味いものをたくさん食べて元気になってほしいから、できる限りの心をこめる。

(店用はこっちで、碧のところへ持っていくぶんは保存容器に……)

おにぎりの包みとスープジャー、そしてポテトサラダを詰めた容器を保冷バッグの中に入れた大樹は、一刻もはやく碧に届けるために、気合いをこめて格子戸《こうし》を開けた。

二日後。大樹は「ゆきうさぎ」ではない大衆居酒屋で、浩介と向かい合っていた。

――き、緊張する……。

大樹は膝《ひざ》の上に置いた両手を軽く握った。少し汗がにじんでいる。

飴《あめ》色のテーブルを隔《へだ》てた正面に座る浩介は、そんな大樹の心情を知ってか知らずか、各テーブルに設置された注文用のタブレットを指先でスライドしている。

「いろいろあって迷うなぁ。大ちゃんは何を頼む?」

「ええと……」

「やっぱり最初はビールかな。日本酒はあまり種類がないけど、チェーン店だからこんなものか。おつまみは適当に頼んでおくよ」

「お、お願いします」

「おや、大ちゃんの好きなナスの揚げ浸しがある。これも追加だな」

浩介はずっと機嫌がよく、うきうきしながら次々と注文していく。

いかにも会社帰りといったスーツ姿の中年男性と、会社員にはとても見えない、長袖Tシャツにジーンズを合わせた若い男。自分たちは果たして、周囲の人々からどのような関係だと思われているのだろうか。

上司と部下にしては服装が合わないし、親子にしては似ていない。なかなか謎めいた二人組だなと思う。

店の定休日であるこの日、母屋《おもや》で初夏の限定メニューを考えていた大樹のもとに、浩介から連絡が入った。碧の体調は回復したそうで安堵《あんど》する。

『それで大ちゃん。もしよかったら、今夜飲みに行かないか？』

『浩介さんと、ですか？』

『ふたりだけは嫌かな』

『いえ光栄です！　どちらに行けばいいでしょうか』

浩介から飲みに誘われたのははじめてだったので、驚きはしたものの、嬉しさのほうが勝った。「ゆきうさぎ」では店主と客という関係だが、ひとたびそこから離れると、どのようなつき合い方になるのだろう。

歳の離れた飲み仲間か、それとも……？

『やあ、急な約束で悪いね。大丈夫だった？』

『はい』

『大ちゃんと飲みに行くなんて、なんとも不思議な感じだね。まあとりあえず……あそこでいいか。あの居酒屋にでも入って話そう』

待ち合わせ時刻にあらわれた浩介は、すぐそこにある雑居ビルを指差した。どうやら店にはこだわらないらしく、適当に決めたビルにすたすたと近づいていく。

『この近くに雰囲気のいいバーもあるんだけど、あそこは狭い上に静かだから、思うぞんぶんいじめられないんだ』

『は？』

『いやいや、こっちの話。大ちゃんとは個人的に、いろいろ深い話がしたいと思っていたんだ。実現して嬉しいよ』

——話とはいったいなんだろう……。

タブレットを所定の位置に戻した浩介が、にっこり笑って爆弾を落とした。

「さてと。それじゃ、あらためて確認しておこうか。大ちゃんはうちの娘と男女交際を継続している。これは合っているかな？」

おだやかな笑顔の裏に威圧感があり、大樹のこめかみを汗が伝った。いま「男女交際」をやけに強調したように聞こえたのは気のせいだろうか……。

しかしここは正直に答えなければと、大樹は顔を上げて背筋を伸ばした。

「碧さんから先に聞いているとは思いますけど、その通りです。ご報告が遅れて申しわけありません」

「いや、実を言えばうすうす気がついてはいたんだよ。碧がきみのことを好きなのは丸わかりだったし、きみのほうもある時点から碧に対する態度が変わったしね」

「そ、そんなにわかりやすかったですか？」

「わかりやすかったね」

浩介にも察知できるほどダダ洩《も》れだったのだろうか。羞恥《しゅうち》のあまり、この場に穴を掘って埋まりたくなる。

「僕に話すことについては、碧が恥ずかしがっていたんだろう？　まあ母親ならともかく父親に言うのはなかなかハードルが高いのかな。別に怒っているわけじゃない」

「浩介さん……」

ほっとしていると、なぜか遠い目になった浩介が「でも」と言う。

「旅行の前にはやっぱり、きちんとした報告がほしかったかもしれないなぁ」

「!!」

「二月に箱根《はこね》に行ったんだろう。それも大ちゃんのご両親に挨拶《あいさつ》しに行ったとか。僕はまだ何も知らないときにね……」

「も……申しわけありませんっ！」

大樹はテーブルに頭をめりこませんとばかりに押しつけた。周囲のお客が何事かという視線を向けてくるが、それどころではない。

浩介に報告する前に、自分たちが旅行に行ってしまったことは事実だ。おそらく碧が大樹との交際を明かしたときに、そのことも話したのだろう。

「打ち明けるタイミングをはかっていたら、いつの間にかこんなことに……」

「うん。碧ときみの人柄は、僕だってよくわかっているよ。何度も言うけど怒っているわけじゃないんだ。ただ、あとから聞くのが少しさびしかったなぁと」

「……」

やはり怒っているのだろうか。怒っているに決まっている。礼を欠いた人間など、娘にふさわしくないと言われてしまったらどうすればいいのか。

大樹が言葉を探していたとき、頭上から「お待たせしましたー！」と明るい声がふってきた。テーブルの上に、ビールのジョッキや手羽先《てばさき》の串焼き、ナスの揚げ浸しといった料理を盛りつけた器が並べられていく。

「ああ、おいしそうだな。大ちゃん、冷めないうちに食べよう」

「え」

何事もなかったかのような声に、大樹はぱちくりと瞬《まばた》きした。そろそろと顔を上げていくと、店の前で会ったときとなんら変わらない、普段の浩介がそこにいる。

「あの、浩介さ」

「まずは乾杯だな。ほら、ジョッキを持って」

「は、はあ……」

わけがわからなかったが、大樹はひとまず浩介に従うことにした。

キンキンに冷えたジョッキを手にすると、浩介の「乾杯!」という音頭《おんど》とともにガラスが触れ合う。乾杯が終わると、大樹は黄金色のビールを一気飲みした。緊張して喉が渇いていたから、冷たいビールが命の水のように感じる。

「ふう……。これだから仕事終わりの一杯はやめられない」

恍惚《こうこつ》の表情を浮かべた浩介が、きっちり締めていたネクタイの結び目をゆるめる。

(それにしても、さっきのあれはなんだったんだ?)

胡乱《うろん》な目を向けられたことに気づいたのか、浩介が苦笑する。

「さっきはすまなかったね。その、恥ずかしながら少し仕返しがしたくて」

「仕返し?」

首をかしげる大樹に、浩介は「旅行の話だよ」と言う。

「ふたりで旅行したことを許さないってわけじゃなくてね。碧も大人になったし、親がそこまで口を出す権利はもうないから。気になったのは、そこで大ちゃんのご両親に挨拶したってことだよ。大ちゃんのご両親には段階を踏むのに、僕にはないのかなと」

「すみません……」

「だから少し悔しくて、軽くいじめてしまったよ。我ながら大人げないな」

浩介はあっけらかんと言って、肩をすくめた。いつもおっとりしているから、この人はこんな一面も持っていたのかと驚き、新鮮な気分だ。

「いろいろ考えてね、これからは碧にも大ちゃんにも、自分が言いたいことはできるだけ伝えようと思ったんだ。遠慮し合っていてもしかたがない。大ちゃんとはきっと、これからも長いつき合いになるだろうから」

「浩介さん……」

「碧のことを想ってくれているのなら、これからも大事にしてあげてほしい」

「もちろんです！」

長いつき合いになる。それは自分と碧の関係を認めてくれたということでいいのだろうか。視線を向けると、口の端を上げた浩介が、いたずらっぽい調子で言った。

「結婚を決めたら、報告は一番にしてくれると嬉しいな」

「はい。それはいずれ必ず」

大樹が力強くうなずくと、浩介は満足そうにジョッキをかかげる。

「では、大ちゃんと碧の前途を祝して――乾杯！」

ざわめく居酒屋の一角で、ふたたび澄んだ音が響いた。

エピローグ　あらたな季節の店開き

三年後、三月――


「では、これでホームルームを終わります。四月から三年生になるんだから、最上級生としての自覚を持って、春休み中は節度を保った生活を心がけること。お休みだからって羽目をはずしちゃだめですよ。あとはたっぷり食べて眠って適度に勉強！」

「勉強は適度でいいんだ」

「毎日続けることが大事だからね。受験勉強は自分との戦いだし、いまから習慣づけておくと楽だよ。これは経験談として覚えておいてもらいたいな」

「はーい」

「じゃ、解散ー。新学期に元気な姿で会いましょう」

担任の女性教師の合図で、二年C組の生徒たちの間に、ゆるやかな空気が広がった。ガタガタと音を立てて席を立つ者、大きく伸びをする者、手鏡をとり出して色つきリップを塗りはじめる者――思い思いに動き出す。

「ねえ、のんちゃんは三年次、普通クラスだっけ？」

隣の席の同級生に問いかけられ、三つ編みの少女は「うん」と答える。

「特進コースじゃないなら、また同じクラスになれるかもね」

「だといいなぁ。担任も同じ玉木《たまき》先生がいい」

少女の視線の先には、教壇に集まってきた生徒たちと談笑する、小柄な担任教師の姿があった。普段はカジュアルな服装だが、今日は修了式のため、淡いベージュのスーツに袖《そで》を通している。つややかな黒髪はゆるくまとめ、いつもより大人に見えた。

「玉木先生いいよね。可愛《かわい》くて話しやすいし。でも三年の担任にはならないと思う」

「どうして？」

「たしか玉木先生って、このクラスが最初の受け持ちでしょ。三年は受験があったりして大変だから、次も二年か一年の担任になるって聞いたような」

「えーそうなんだ。残念……」

ここは都内の某市にある、中高一貫教育をかかげている女子校だ。少女たちが中等部から高等部に上がったとき、迎えてくれた教職員の中に、すでに玉木先生はいた。

はじめて見たときは、一瞬、教育実習に来た大学生だろうかと思った。そんな勘違いをしてしまうほど、彼女はほかの先生方にくらべて若かったのだ。当時は二十三歳で、二年をともに過ごしても、まだ二十五歳という若さである。

その玉木先生が二年C組の担任になったのは、一年前のこと。

緊張なのか興奮なのか、とにかくよくわからない複雑怪奇な表情をした彼女は、静かに教壇に立った。そしてこれから自分が担当する生徒たちの顔を、ひとりひとり確認するように見回してから、花が開くような笑みを浮かべた。

『みなさん、進級おめでとうございます。今日から一年間、二年C組の担任をさせていただく玉木碧《あおい》です。みなさんとは一年生のときに、授業で会いましたね』

彼女はにっこりしているのに、気まずそうな顔でうつむく複数の生徒たち。彼女が担当している科目は苦手とする子が多いので、条件反射で拒絶してしまうのだ。

『とりあえず自己紹介として、先生の基礎データを公開しましょう。担当教科はみなさんもご存じの通り、数学です。年齢は二十四、身長は一五二、体重は非公開。担任は今回が初仕事です。何か質問はありますか?』

『はーい!　結婚はしてますか?』

『独身ですよー』

『じゃあ彼氏は?』

『います、とだけ言っておきましょう。あとは内緒』

玉木先生がいたずらっぽく笑うと、教室内に「キャー!」と黄色い声があがった。中学から女子校で、異性の免疫が少ない少女たちは、それだけのことでも騒げるのだ。

生徒たちの興奮がおさまると、玉木先生は落ち着いた口調で言った。

『わたしはこの通り、みなさんと年齢が近いです。だからベテランの先生には言いにくいことでも、気軽に話せるかもしれません。何かあったら遠慮なく相談に来てください』

まだ表情がかたい生徒たちの顔を見ながら、彼女はなおも続ける。

『みなさんは二年生になりましたが、わたしも教員になってまだ三年目です。未熟なところもあるかとは思いますけど、みなさんが充実した一年間を送れるように、努力は惜しみません。力を合わせて楽しいクラスにしていきましょう』

玉木先生はとっておきの笑顔で、着任挨拶《あいさつ》を締めくくった。

それからの一年間は、本当に楽しかった。

球技大会に体育祭、合唱コンクールに文化祭。北海道への修学旅行でも、玉木先生は明るくほがらかに、クラスの生徒たちを引率してくれた。積極的な子には友だちのように接し、おとなしめの子にもさりげなく気を配った。無理にクラスの輪には入れず、だからといって放置するでもなく、常にほどよい距離で気にかけてくれたのだ。

そして一年がたった、現在。

数学に引きずられて玉木先生を苦手としていた生徒も、彼女のあたたかい人柄に触れたことで、その考えをあらためるほどに変化していた。

せっかくクラスに慣れ、玉木先生も好きになれたのに、四月からはバラバラになってしまうのだ。それがさびしい。

「のんちゃん、帰ろー」

「ちょっと待ってて！」

勢いよく椅子《いす》から立ち上がった少女は、おそるおそる教壇に近づいた。ちょうど生徒が誰もいなくなったところで、玉木先生はすぐに気づいてくれる。

「あ、佐伯《さえき》さん。どうしたの？」

「あの……」

前に足を踏み出した少女は、勇気を出して顔を上げた。引っ込み思案の少女は、担任と必要最低限の言葉しかかわしたことがない。緊張に身をかたくしたが、玉木先生は優しく微笑《ほほえ》んだまま、こちらが言葉を発するのを待っている。

少女は軽く息を吸いこみ、喉《のど》を震わせた。

「先生、その……。一年間ご指導くださり、本当にありがとうございました！　先生が担任ですごく楽しかったです」

意外な言葉だったのか、玉木先生は驚いたように目を丸くしている。

「本当は三年でも担当してもらいたかったけど、それはないって聞いたから。だったらせめて最後にきちんとご挨拶したくて。あ、授業もわかりやすくて好きでした！」

緊張して力みながらも、ようやく自分が伝えたいことを言えて、胸の中にさわやかな風が吹いたような気分になる。やればできるではないか。

やりとげた満足感にひたっていると、玉木先生が動いた。

少女の手をとり、自分の手でそっと包みこむ。少女よりも小柄なのに、玉木先生の手は思ったよりも大きく、そしてあたたかかった。

「佐伯さん、こちらこそありがとう。まさかはじめて受け持った子にそんなこと言ってもらえるなんて思わなかったから、なんだか嬉《うれ》しくて泣きそう」

彼女は涙声で両目を潤ませる。

「わたしは佐伯さんが言う通り、来年度の三年生は受け持たないの。担任じゃなくなっても、何かあったらいつでも相談しに来ていいからね」

「――――はい！」

元気よく答えた少女は、恩師が差し出した手を、感謝をこめて握り返した。


それから一週間後の、四月のはじめ。

今日は日曜だが予定があったので、碧はいつもより少しはやい時間に目を覚ました。

「んー」

ベッドの上で手足を伸ばすと、今度は二度寝の誘惑に襲われる。春眠暁《しゅんみんあかつき》を覚えずとは言うけれど、いまは布団の中も春爛漫《らんまん》だ。前日に干しておいたそれはあたたかくていい匂いがして、ずっとここで眠っていたいような気もするけれど。

(――いや、今日は約束があるんだから!)

かっと目を見開いた碧は、気合いを入れて起き上がった。

カーテンの合わせ目からは、まぶしい光が差しこんでいる。時間を確認すると、六時を少し過ぎたところだった。今日は九時に大樹《だいき》の家をたずねることになっているから、まだ時間はある。碧は小さなあくびをすると、ベッドから抜け出した。

顔を洗って歯を磨き、髪を軽くとかしてから、碧はリビングのドアを開けた。

ソファの上にはパジャマ姿の父が腰かけ、のんびり朝刊を読んでいた。テレビには朝の情報番組が映し出され、にぎやかな音が聞こえてくる。母が亡くなってから早七年、繰り返されている玉木家の日常だ。

「お父さん、おはよう」

碧が声をかけると、父は新聞から顔を上げた。

「おはよう。休みなのにはやいね。出かけるのか?」

「うん、大樹さんとお花見。大樹さんの家でお弁当をつくってからね」

「へえ……いいね。いまごろは桜も満開だろうし、楽しんでおいで」

まずは腹ごしらえだと、キッチンに入った碧は手早く朝食の支度をした。高校に勤めはじめてからは、時間をかけてじっくり料理をすることが少なくなったが、たとえ簡単でも心がこもっていることには変わらない。

大樹からもらった手づくりジャムをたっぷり塗ったトーストに、焼き目をつけたソーセージ。チーズ入りのスクランブルエッグに、市販のミネストローネといった朝食を、碧と父は食卓で向かい合って平らげた。

「ごちそうさまでした」

食後は父が食器を洗うと言うので、碧は身支度をすませることにした。

大樹とは久しぶりのデートだったから、お花見とはいえ、少しおめかしをしたい気分になる。自室に戻った碧は、クローゼットを開けて、先日買ったばかりのフレアースカートをとり出した。白やブルー、紫やクリームイエローといった色合いの花柄で、華やかでありながら清涼感のある雰囲気が気に入っている。

(ついにこれがお披露目できる……!)

本当はパンツスタイルのほうが動きやすいし、レジャーシートの上にも座りやすいとはわかっていたが、なけなしの女心のほうが勝ったのだ。

上は白いカットソーにデニムジャケットを合わせ、髪はどうしようかと思ったが、大樹に会うのだからとポニーテールにした。職場でもプライベートでも、大学を卒業してからはこの髪型にすることはめったにないので、なんだかなつかしくなる。

弁当箱をはじめ、お花見に必要なものは大樹が用意してくれると言っていた。

「じゃあ、行ってきます」

「行ってらっしゃい。ところでその袋は?」

「お花見に不可欠なものです」

手ぶらもなんだったので、碧は前日に買いこんでおいた大量のお菓子が詰めこまれた袋を持ち、ショルダーバッグを肩掛けにして自宅を出た。

父とふたりで住んでいるマンションから歩くこと、十五分。

小料理屋「ゆきうさぎ」の裏にある母屋《おもや》をたずねると、すぐに引き戸が開いた。襟《えり》つきの白シャツに、黒いジーンズを穿《は》いた大樹が「いらっしゃい」と出迎えてくれる。

「いい天気でよかったな」

「はい! ところで大樹さん、このスカートどうですか? おろしたてなんです」

大樹の前でくるりと回ってみせると、やわらかい生地の裾《すそ》がふわりと舞う。

「花柄か……春らしくていいな」

「似合ってます？」

「ああ」

碧の前髪を指先で払った大樹は、あらわになった額《ひたい》に軽い口づけを落とした。触れられた場所が熱を持ち、頰《ほお》が赤くなっていくのを感じる。当の大樹は「こういうの久しぶりだったし」と涼しい顔だ。

その余裕が悔しかったので、碧は家に戻ろうとする大樹の背後に忍び寄った。不意打ちだとばかりに両手を広げ、後ろからぎゅうっと抱き締める。

「うわっ！」

「びっくりしました？」

「あのなぁ。おどかせばいいってもんじゃないだろ」

あきれたような表情をしながらも、大樹はひとしきり碧とじゃれ合ってくれた。

大樹とはじめて出会ってから、気がつけばすでに七年。つき合うようになってからは四年近くが経過していた。お互いに仕事があるから、ずっと一緒にいられるわけではないけれど、会えたときはできるだけ触れ合って愛情を伝えている。

ひとりの人と四年もつき合い、相手も三十を過ぎたとなれば、そろそろ考えるようになるのは将来のこと。実際、「ゆきうさぎ」の常連客たちは『大ちゃんとタマちゃんは、いつになったら夫婦になるのかねえ？』と首をかしげている。

『そりゃ、結婚なんざ紙の上の契約だし、大事なのは本人たちの気持ちだっていうことはわかってる。でもこう、いわゆる「ケジメ」ってやつだよ。あらたな生活をはじめるための、明確なスタートラインっていうかさ』

『彰三《しょうぞう》さん、もっと言ってやれー』

『これはおれの勝手な希望だが。大ちゃんとタマちゃんが家族になって、あの家で仲良く暮らす姿が見てみたいんだよ。おれにお迎えが来るまでにはかなってほしいね』

父は娘に気を遣い、そういったことは訊《き》いてこないが、本心では彰三のように、いろいろと気にしていることだろう。

自分が大樹に対して抱く思いは、昔からずっと同じだ。人間としても異性としても大好きだし、尊敬している。可能であればこれから先も、ふたりでともに生きていきたい。

碧としては、結婚するなら大樹と以外は考えられない。仕事も四年目に入って安定してきたから、このあたりで……とも思っている。

（大樹さんはどうなのかな……？）

いっそ自分のほうから切り出してみようか。男性からという決まりなどないし、別に大樹から話してくれるのを待つ必要はないのだから。

「碧、いつまで突っ立ってるんだ。中に入れよ」

「はーい」

我に返った碧は、手招きする大樹のあとを追って家に上がった。

「ちょうどいまが見ごろだな」

雪村《ゆきむら》家の自宅でお弁当をつくってから、碧と大樹は連れ立って、近所の公園に足を運んだ。奥には桜が何本か植えられた広場があり、春になると可憐《かれん》な花を咲かせる。しかしあまり知られていない穴場らしく、お花見に来る人は少ない。

「うわぁ……。きれい」

今日は日曜であるにもかかわらず、人はまばらにしかいなかった。

大樹は芝生《しばふ》の上にレジャーシートを敷き、かついできた大きな保冷バッグを置く。靴を脱いでシートに上がった碧は、大樹が保冷バッグの中からお弁当や水筒を出していくのをわくわくしながら見守った。

大樹が漆塗《うるし》りの重箱の蓋《ふた》を開けた瞬間、碧は歓声をあげて拍手した。

「待ってました！」

ふたりで協力してつくったお花見弁当は、二段重ね。ご飯の段に詰めたのは、ころんと可愛らしい形の手まり寿司《ずし》だ。イクラやサーモン、茶巾《ちゃきん》寿司、酢飯に桜でんぶを混ぜたものや桜の酢漬けなど、さまざまな具材が載っている。

それらが重箱の中に美しく詰められている様は、さながら色とりどりの宝石箱をのぞいているかのよう。一口で食べてしまうのはもったいないくらいの出来栄えだ。

「あ……少し左に寄っちゃったな」

「割り箸で直しましょう！　……ほら、こうすればもうわからない」

おかずの段に詰まっているのは、塩麴《しおこうじ》で下味をつけたから揚げに、水分をたっぷり含んでやわらかい出汁《だし》巻き玉子。「ゆきうさぎ」の人気メニューである肉じゃがに、ポテトサラダも欠かせない。あとは以前に父が碧のためにつくってくれた、梶木《かじき》のソテーをカレー粉で味つけしたものだ。

から揚げには愛らしい白うさぎの形のピックが刺さっている。これは碧が雑貨屋で見つけたもので、ぜひ使ってほしいと大樹に渡した。さらには大樹の配慮で野菜も詰められ、栄養満点のお弁当に仕上がっている。

「では
では。いただきます！」

アルバムに残す写真を撮ったのち、両手を合わせた碧と大樹は、さっそくお弁当を食べはじめた。うさぎのピックをつまみ上げ、大きなから揚げを口の中に入れた碧は、目を閉じて衣と鶏肉《とり》を嚙《か》み締める。

「から揚げって、どうしてこんなにおいしいの……。冷めても味は落ちないし」

「手まり寿司は見た目も華やかだし、食べやすくていいな」

大樹は割り箸を使い、紙皿にとった錦糸卵とイクラの手まり寿司を頰張った。

「なんていうか、幸せですねえ……」

きれいな景色とおいしい食事。あとは大事な人が近くにいれば、ほかにはもう何もいらない。幸福というのはだいたいにおいて、何気ない日常の中にひそんでいるものだ。普段は気にも留めないから、失ってはじめて理解する。

水筒に入った熱いお茶で喉を潤《うるお》しながら、碧と大樹はしばしの間、お花見弁当に舌鼓《したつづみ》を打つ。やがてふたりのお腹《なか》が満たされ、代わりに重箱の中身が空に近くなったころ、ふいに大樹が話しかけてきた。

「仕事のほうは順調か？　はじめての担任業務が終わっただろ」

「はい！　試行錯誤でしたけど、やりがいがありました」

碧の脳裏《のうり》に、修了式の光景がよみがえる。

生徒の前では笑顔を見せたが、本当は自分の至らなさにがっくりしていた。最初だからしかたがないと思っても、落胆せずにはいられなかった。なんとかクラス全員を進級させることはできたが、内心では落ちこんでいたのだ。

そんなとき、勇気を出して話しかけてくれた女の子。

普段はおとなしく、目立たない彼女は、碧が担任で嬉しかったと言ってくれた。授業もわかりやすくて、三年も担当してほしかったとも。それらの言葉が、碧をどれだけよろこばせ、奮《ふる》い立たせてくれたか。彼女はきっと知らないだろう。

教師になってよかったと、あのときあらためて思った。そして彼女のような生徒とまた出会うことを夢見て、自分はこれからもこの道を進んでいくのだ。

「……そうか。碧は今後も教師として頑張っていくんだな」

「きっとこれからもたくさん落ちこんだり、悩んだりすると思います。そのときは『ゆきうさぎ』に行きますね。大樹さんや零一《れいいち》さんがつくったお料理を食べて、常連のみなさんに話を聞いてもらったら、また明日も頑張ろうって気になれるから」

お花見弁当を完食した碧と大樹は、並んでシートの上に寝転がった。

あおむけになると見えるのは、春めいた水色の空と、綿菓子のような白い雲。そしてその空に映える、美しく咲き誇る桜の花々――

しばらくぼんやりしていたとき、子どもがはしゃぐような声が聞こえてきた。

上半身を起こすと、碧たちの近くを、家族連れと思《おぼ》しき四人が通り過ぎる。両親はまだ若く、子どもたちも幼い。お花見から帰っていくのか、幼稚園生くらいの女の子は父親と手をつなぎ、一歳ほどの子が母親に抱かれている。

遠ざかる一家の後ろ姿を見つめながら、大樹がぽつりとつぶやいた。

「家族か……」

「みんなでお花見かな？　楽しそうでしたね」

口角を上げる碧に、大樹は「なあ」と声をかけてくる。

「自分が生まれたときの家族……親とかきょうだいとかは選べないけど、大人になれば新しい家族をつくることができるんだよな」

「そうですね。結婚したり子どもができたり。他人同士が出会って結ばれて、その間に生まれた子もいつかは、誰かと結ばれる……。そうやって『家族』ができていくのかって思うと、なんだか不思議な感じですね」

微笑む碧を見据えた大樹は、一呼吸置いたのち、はっきりと言った。

「誰かと縁を結べるなら、俺は碧と家族になりたい」

「えっ」

「これでも前から考えていたんだよ。俺は碧以外と一緒になる気はないし、かといって申しこむタイミングを間違って、断られても嫌だし」

「こ、断るなんてその、そんなことするわけないじゃないですか」

何を言われたのかを理解した瞬間、碧の声が上ずった。心の底から、驚愕《きょうがく》と歓喜の気持ちがあふれ出してくる。

「でも、三年前とかだったら保留しただろ。就職したばかりだったし」

「それは……まあ」

「だから碧が仕事に一区切りをつけるとき――初担任が終わるのを待ってたんだ。仕事に慣れて余裕が出てきたいまなら、きっと受けてくれるだろうと思って」

この三年、大樹はきちんと自分との将来について考えてくれていた。それがわかっただけでも嬉しいのに、こんなサプライズが待っていたとは。

居ずまいを正した大樹は、碧に向けて自分の右手を差し出した。

「あらためて言う。俺と家族になって、一緒にあの家で暮らしませんか?」

「――はい!」

迷うことなく答えた碧は、最大限の愛をこめて、大樹の首へと抱きついた。

東京都の西側――旧《ふる》くは武蔵野《むさしの》、現在は多摩《たま》地区とも呼ばれている場所。
そんな土地のどこかで、その小料理屋は今日もいつもと変わることなく、白い暖簾《のれん》をかかげて誰かを迎え入れている。

―完―

小料理屋「ゆきうさぎ」

特製レシピ

ポテトサラダ

材料(2人分)

じゃがいも	中2個
クリームチーズ	30g
塩	小さじ1/2
こしょう	少々
レモン汁	大さじ1
マヨネーズ	大さじ3
コーン(粒状のもの)	50g
きゅうり	1/3本
にんじん	1/4本
バジル(乾燥)	少々

作り方

① じゃがいもを洗って、芽をとる。
② にんじんは皮をむき縦4つ割に。
③ クリームチーズは1～2cm角のサイコロ状に切る。
④ コーンは水気を切っておく。
⑤ 蒸し器にじゅうぶん蒸気が上がってから①②を入れて蒸す。②は5分ほどで取り出す。(蒸気によるやけどに注意)じゃがいもは20分ほど蒸す。竹串を刺してみてスッと入ればOK。
⑥ じゃがいもを蒸している間に、きゅうりは2mmの厚さの小口切りに。塩少々(分量外)を振って5分ほどおき、水気をしっかりしぼる。
⑦ 取り出したにんじんは3mmの厚さのいちょう切りにする。
⑧ 蒸しあがったじゃがいもをボウルに入れ、ペーパータオルなどを使って熱いうちに皮をむき、マッシャーまたはフォークで粗くつぶし、にんじんを加える。
⑨ 熱いうちに塩、こしょう、レモン汁を振ってざっと和える。
⑩ クリームチーズを加え、マヨネーズを入れて和える。
⑪ コーン、きゅうりを加えてざっくり混ぜる。
⑫ 盛りつけてバジルを振ってできあがり。

マヨネーズ

卵黄	1個
サラダ油	100mℓ
酢	大さじ1/2
ねりからし	小さじ1
塩	小さじ1/3
こしょう	少々
(はちみつ	小さじ1)

① 大きめのボウルに卵黄を入れ、ねりからしを入れて静かに混ぜる。
② 塩、こしょうを加えて混ぜる。
③ 酢を加え混ぜる。(サラダ油を入れる前に泡が立たないように静かに混ぜる)
④ サラダ油を少しずつたらして入れ、そのつど泡立て器でよく混ぜ乳化させる。
⑤ 最後に味見をして、好みではちみつ、塩、こしょうなどで味を調える。

Cooking／Mihoko Uchiyama

あとがき

はじめまして。小湊悠貴《こみなとゆうき》と申します。

おつき合いの長い皆様に「はじめまして」とご挨拶《あいさつ》するのも不思議な感じがいたしますが、こうして自分の言葉をお届けできることを、たいへん嬉《うれ》しく思っております。

何を置いても、まずは読者の皆様にお礼の言葉を。

このたびは「ゆきうさぎのお品書き」シリーズ全十巻、最後までおつき合いいただきましたこと、心より感謝申し上げます。前文の通り、本作はこちらの十巻をもちまして完結の運びとなりました。

全十巻というのはこちらの希望で、ありがたくも聞き届けていただけたおかげで、望む通りのラストを迎えることができました。出版不況が深刻なこのご時世に、これだけの巻数を出すことができたのは、ひとえにシリーズを応援して下さった読者の皆様方のおかげです。本当にありがとうございました。

内容につきましては、九巻の時点で本編をほぼ書き終えていたため、最終十巻は本編のラスト一話（碧《あおい》のバイト最後の日）に前日談が一話と後日談が五話、そしてエピローグを加えた構成になっております。「ゆきうさぎ」全スタッフの視点で書きました。

碧と大樹《だいき》に関しましては、とにかく恋愛面の匙《さじ》加減が非常にむずかしい二人でした。おいしい肉じゃがをつくるには適量の砂糖が必要ですが、入れすぎると失敗してしまいます。碧と大樹はおそらく、煮物のような二人だったのでしょう。その煮物カップルに最後の最後で砂糖が追加されましたが、果たして……？

エピローグで判断していただければと思います。

ゆきうさぎシリーズは立ち上げから完結までの間に、三名の担当編集様に面倒を見ていただきました。シリーズ後半からお世話になっている担当様にはご迷惑もおかけしてしまいましたが、どうか見捨てず今後も一緒にお仕事をしていただけると幸いです。校正担当様もいつもありがとうございます……！

編集部、営業部、販売部の皆様におかれましては、本シリーズを最後までお引き立て下さいましたことをお礼申し上げます。

加えて毎回、巻末ふろく用のレシピを考案して下さった集英社のU様。いつもそのみごとな出来栄えに感激しておりました。これで最後なのが寂しいです。


そして十巻にわたり、素晴らしいイラストを提供して下さったイシヤマアズサ先生。いまにも料理の香りがただよってきそうなほどリアルで、あたたかみのある色合いのイラストに、どれだけ癒《いや》されたことか。いただいたイラストはラフ画の時点ですでにおいしそうで、毎回心が躍《おど》りました。

素敵なカバーデザインを手がけられたAFTERGLOWの担当者様ともども、一緒にお仕事ができた四年間はとても贅沢《ぜいたく》で幸せな時間でした。


本作は稀《まれ》なる幸運により、2バージョンのコミカライズが展開されております。

木田翔一《きだしよういち》先生作は少年漫画系の絵柄で、コミックス①②と電子書籍。

桜庭《さくらば》ゆい先生作（デジタルマーガレットで無料連載中！）は、少女漫画系の絵柄で、現時点で電子コミックス①〜⑥が配信中です。

どちらの作品も「ゆきうさぎ」の世界を大きく広げて下さり、漫画という表現方法のすさまじいパワーを間近に感じられました。

シリーズ展開中に届いたお手紙は、すべて目を通しております。皆様からの優しくあたたかいお言葉の数々が、執筆中の励みになりました。


紙幅も尽きてきましたので、最後に本作のちょっとしたおまけのことを。

完結巻なのでいろいろ詰めこもう！　ということで、このあとがきの次に、オレンジ文庫5周年フェア用に執筆したミニ小説を一本、おまけとして載せていただきました。別シリーズ「ホテルクラシカル猫番館《ねこばんかん》」の番外編となりますが、ゆきうさぎシリーズのエピローグから三年後の世界を舞台にしており、共通している人物もいます。

ミニ小説の舞台は「ゆきうさぎ」。大樹たちの未来を垣間見ることができますので、よろしければ目を通してみて下さい。

それではまた、別の物語でお会いできることを願って。

二〇二〇年四月　小湊悠貴

あの店で

「隼介《しゅんすけ》、今週の土曜は休みだったっけ」

「一応な」

「わかった。それじゃ、その日にしよう」

同い年の飲み仲間（と相手は言っている）の桜屋蓮《さくらやれん》とそんな話をしてから数日後、俺は奴に連れられくだんの店までやって来た。

横浜《よこはま》から電車で約一時間。東京都の西側に位置する町に、その小料理屋はあった。

「ゆきうさぎ……」

「そう。いまの時季にはぴったりだろ」

師走《しわす》の冷たい風に吹かれて、店名が染め抜かれた白い暖簾《のれん》がふわりと揺れる。格子《こうし》の引き戸の向こうから聞こえてくるのは、誰かの陽気な笑い声。鼻腔《びこう》をくすぐる煮物の香りに食欲が刺激される。

洋菓子店を営む蓮の実家はこの店の向かいにあり、いまは両親と妹が共同で経営しているらしい。定期的に顔を出し、帰りにこの店に寄って食事をしていくそうだ。

和食が特に美味《うま》いということで、蓮は以前に俺をここに連れて行くと約束した。それが今日、実現したというわけだ。

「この時間だと混んでるんじゃないか？」

「大丈夫。親愛なる隼介のために特等席を予約しておいたから」

「気色悪いこと言うな」

効果はないとわかっていても、ついにらみつけてしまう。「あはは」とのん気に笑った蓮は、何事もなかったかのように格子戸に手をかけた。ガラガラと音を立てて開く。

「いらっしゃいませ！」

すぐに奥から溌剌《はつらつ》とした男の声が聞こえてきた。蓮に続いて暖簾をくぐると、エプロンをつけ、頭にバンダナを巻いた若い店員と目が合った。年齢は十八、九くらいに見えるから、バイトの学生か何かだろう。身長は高めで、一八〇センチに届くか届かないかといったところか。面構《つらがま》えも男らしくて悪くない。

「あ、蓮さんでしたか。ご無沙汰《ぶさた》してます！」

「久しぶり、郁馬《いくま》」

郁馬と呼ばれた店員は、さわやかな笑顔のまま俺のほうに視線を向けた。

「蓮さんのご友人ですか？」

「友人というか……」

「横浜の親友だよ」

俺が答える前に、蓮が言葉をかっさらっていく。ちょっと待て。いつからそんな深い仲になったんだ。おまえとはまだ出会って一年もたっていないだろうが。

口を開きかけたが、蓮はさっさとカウンターのほうへと歩いていってしまった。こいつはいつもこうだ。暖簾に腕押しというか、巻きこまれるとこちらのペースがくるう。だがそれをあまり嫌だと思っていない自分がいることも事実であり――

舌打ちした俺は、仏頂面《ぶっちょうづら》で蓮のあとを追いかけた。にぎわう店内で、ぽっかりと空いたカウンター席の中央。あろうことか、奴はド真ん中のアリーナ席を予約したらしい。

大股で近づくと、カウンター越しに蓮と話をしていた人物がこちらを見た。口角を上げてやわらかく微笑《ほほえ》む。目つきがややきつめのため、とっつきにくそうに見えたが、笑うと一転して優しげな印象になる。

「いらっしゃいませ。天宮《あまみや》さんですね。店主の雪村《ゆきむら》です」

「はじめまして」

俺は軽く頭を下げた。店主にうながされるまま椅子《いす》を引き、蓮の隣に腰を下ろす。

「今夜は蓮が横浜の親友を連れてくるって聞いてたから、楽しみにしていたんですよ」

「はあ……」

蓮の野郎、店主にまでそんなことを……。

横目でふたたびねめつけてみたが、案の定効きやしない。蓮はお通しの揚げ銀杏《ぎんなん》をつつきながら、店主と世間話に花を咲かせる。

「そういえば、彰三《しょうぞう》さんは元気にしてる？」

「昨日来てたぞ。あいかわらずよく飲む上によく食べる。いいことだな」

「そりゃよかった。あの人、あと十年は余裕で生きそうだなぁ」

「十年どころじゃない気がするけど」

そう言って笑った店主は、俺よりもふたつ年上だというから、三十五歳か。さっきの若い店員と同じような格好をしているが、彼よりもはるかに落ち着いた雰囲気だ。

狭い厨房《ちゅうぼう》では、作務衣《さむえ》を着た六十歳ほどの料理人も働いていたが、店のあるじは雪村と名乗った彼のほうなのだという。

「天宮さん、飲み物はどうします？」

気さくにたずねてきた店主に、俺はうつむきがちに烏龍茶《ウーロン》を頼んだ。

「すみません。その、酒は昔からあまり得意じゃなくて」

「そうなんですか」

一杯ならなんとか飲めても、二杯目で確実につぶれてしまう。蓮のように酒に強い人間をうらやましいとは思うものの、これればかりは体質だからどうしようもない。

「大丈夫ですよ。うちは料理も自慢ですからね。たくさん召し上がっていただけると嬉《うれ》しいです。天宮さんは横浜のホテルでシェフをされているとうかがいましたが」

「ええ、まあ」

「プロの方にお出しすると思うと緊張しますけど……。ぜひ楽しんでいってください」

俺は店主が差し出してくれたお品書きを開き、食べたいものを注文していく。

自家製のポテトサラダを皮切りに、俺は店主の料理を黙々と平らげていった。新鮮な金目鯛《きんめだい》はおろした身の皮目をバーナーで炙《あぶ》り、焦《こ》げ目をつける。切り分けられた身は甘い脂《あぶら》が乗っていて、とろけるような味わいだ。

冬が旬の真牡蠣《まがき》を使ったみぞれ煮は、さっぱりしつつもクリーミーで、冷えた体があたたまる。黒豚《くろぶた》のロース肉を京風白味噌《みそ》に漬けて焼いたものも、肉のすみずみまで風味豊かな味噌が染みこんでいた。これなら酒が飲めなくても、料理だけでじゅうぶん楽しめる。

最高だ……。

幸福感に包まれながら、締めである牛すじの出汁茶漬《だし》けをすすっていたときだった。どこからともなく、赤ん坊の元気な泣き声が聞こえてくる。すかさず店主が反応した。

「ああ、起きたのかな」

「雪村さんのお子さんですか？」

彼は「ええ」とうなずいた。店が住居とつながっており、そちらで家族と住んでいるのだという。店主の仕事中は、育児休暇中の奥さんが子どもの面倒を見ているらしい。

「騒がしくてすみません」

「気にしないでください。赤ん坊は泣くのが仕事です。性別はどっちですか？」

「女の子ですよ。彩実《あやみ》っていうんです。まだ生まれて四カ月で」

店主は照れくさそうに、それでも嬉しさを隠し切れないといった表情で教えてくれた。

俺にも娘がいるから、その可愛《かわい》さはよくわかる。赤ん坊となればなおさらだろう。

「うーん。ご機嫌ななめみたいだな」

なかなか泣き止まない娘を気にする店主に、もうひとりの料理人が声をかける。

「行ってやれ。ここは俺が見ておくから」

「ありがとうございます、零一《れいいち》さん」

店主はほっとしたように答え、厨房の奥へと消えていった。

「新米パパは大変だなぁ」

「でもタマちゃんと一緒なら、子育ても楽しいだろうよ」

零一と呼ばれた料理人をはじめ、常連と思《おぼ》しき酔客たちも、まるで息子を見守るかのような微笑ましげな表情だった。彼らの様子を見れば、店主がどれだけ周囲の人々から愛されているかがうかがえる。

「どう、隼介。『ゆきうさぎ』の印象は」

「……悪くはないな」

この店はすべてがあたたかい。料理だけではなく、そこに集う人々まで。

もしかしたら、近いうちに俺も「ゆきうさぎ」の常連に名を連ねるのかもしれない。

そんな予感がする冬の夜だった。

※この短編は、集英社オレンジ文庫5周年フェア用に書き下ろされた原稿に加筆修正を加えたものです。

※この作品はフィクションです。実在の人物・団体・事件などにはいっさい関係ありません。

集英社オレンジ文庫をお買い上げいただき、ありがとうございます。
ご意見・ご感想をお待ちしております。

●あて先
〒101-8050　東京都千代田区一ツ橋2-5-10
集英社オレンジ文庫編集部 気付
小湊悠貴先生

ゆきうさぎのお品書き

あらたな季節の店開き

集英社
オレンジ文庫

2020年6月24日　第1刷発行

著　者　小湊悠貴
発行者　北畠輝幸
発行所　株式会社集英社
〒101-8050東京都千代田区一ツ橋2-5-10
電話【編集部】03-3230-6352
【読者係】03-3230-6080
【販売部】03-3230-6393（書店専用）
印刷所　凸版印刷株式会社

※定価はカバーに表示してあります

ISBN 978-4-08-680324-3 C0193

集英社オレンジ文庫

小湊悠貴

ゆきうさぎのお品書き

シリーズ

①6時20分の肉じゃが

小料理屋「ゆきうさぎ」の前で倒れた碧は、店主の大樹に助けてもらった縁でバイトすることに…！

②8月花火と氷いちご

先代店主の亡き祖母が作っていた豚の角煮を再現する大樹。レシピを教えてくれなかった理由とは…。

③熱々おでんと雪見酒

大樹と親しげな女性客が気になる碧。弟の奥さんだというが、連絡もなしに突然やってきたらしく…。

④親子のための鯛茶漬け

友人から「母の再婚相手と打ち解けられない」と相談された碧。会食を「ゆきうさぎ」で催すことに！

⑤祝い膳には天ぷらを

昼間のパート募集に訳あり主婦が応募してきた。一方、大樹と碧の心境にもそれぞれ変化が訪れる！

⑥あじさい揚げと金平糖

音信不通だった大樹の叔父が現れ、祖母の遺産を要求してきた。店の売却も検討しなくてはならず…？

⑦母と娘のちらし寿司

教員採用試験を受けられず就職活動を始めた碧。落ち込む碧の姿を見て、大樹は励まそうとするが…。

⑧白雪姫の焼きりんご

大樹の祖母が突然来店した。老舗旅館の女将だった気品あふれるたたずまいに碧は委縮してしまい…。

⑨風花舞う日にみぞれ鍋

かねてからの約束で大樹の実家である箱根の旅館を訪れた碧だが、大樹の祖母が突然体調を崩して!?

好評発売中

【電子書籍版も配信中　詳しくはこちら→http://ebooks.shueisha.co.jp/orange/】